Bajaar

Ander werk van Martha Heesen

Maandag heeft vleugels (2005)
Wolf (2006) Vlag & Wimpel van de Griffeljury 2007
Watson (2007)
Mijn broer, de nieuwe en ik (2009)

Martha Heesen

Bajaar

Amsterdam · Antwerpen
Em. Querido's Uitgeverij BV
2011

www.queridokinderboeken.nl

De auteur ontving voor het schrijven van dit boek een
werkbeurs van het Nederlands Letterenfonds.

Omslag Nanja Toebak
Omslagbeeld © Duncan Campbell/iStockphoto

ISBN 978 90 451 1228 2 / NUR 284

1

Dit is ons leven niet. Dit is niet eens ons huis.

Altijd als ik wakker word ben ik weer daar, is het weer toen – is het nóg toen moet ik zeker zeggen. Tien tellen mag ik er blijven, tien tellen en niet langer, dan moet ik terug naar deze kale kamer hier met de kleine dakramen en de ijzeren stapelbedden en de kartonnen koffers.

Vanochtend was ik in drie tellen al terug, want er was iets. Dat wist ik; ik weet het namelijk altijd als er iets is.

Het was nog donker. Ik ging rechtop zitten om zusjes te tellen. Dat moet hier tamelijk vaak omdat er een paar bij zijn bij die 's nachts rondspoken. Het was in orde. In het bed boven me kon ik niet kijken, maar daar hangt altijd wel een arm of een been uit als het goed is. Of een hoofd. Ik stak mijn eigen hoofd buitenboord en tuurde omhoog. 'Ben je wakker?'

'Bijna. Jij?'

'Ja. Allang. En er ís iets...'

'Zeg je altijd.'

'Echt waar.'

'Wat dan?'

'Merk je wel.'

'Och, je kletst maar wat. Wat is het donker, hè, en ik heb zo'n honger.'

'Ja. Ik ook. Ik weet wat...'

We fluisterden op ons allerzachtst, Lien en ik, maar in alle bedden begonnen nu zusjes te zuchten dat ze óók pannen-koeken wilden, ook stiekem, en wat er dan was, of er soms iemand jarig was, en wie dan.

'Niemand!'

'Maar er ís wel iets, Julia!'

Ik knikte. Er was iets. Er was iets niet, beter gezegd, maar dat moesten de zusjes nog ontdekken.

In dit huis maakt alles geluid, vooral in het donker. De deuren gaan eigenlijk liever niet open en alle veertien trap-treden kraken dat ze ons niet willen, ook niet als we onze adem inhouden, ook niet als Lien en ik de zware tweeling dragen tot we eindelijk in de keuken aangekomen zijn. En daar maakt de gebarsten zwarte spikkeltjesvloer geluid on-der onze blote voeten, vooral onder de mijne.

Ik was de enige die de keukendeur opnieuw hoorde open-gaan. Met de beslagkom in mijn hand draaide ik me om en zag een paar koolzwarte ogen naar binnen gluren. Wij staar-den elkaar aan, Momo en ik. Ik sloeg mijn ogen niet neer. Zij schudde lang van nee en ik knikte nog langer van ja, totdat zij de deur weer dichttrok.

'Goed zo,' zei ik zachtjes, 'gaat u maar weer terug naar bed. Grootmoeders moeten flink slapen.'

We bakten pannenkoeken en we aten en aten en we ver-gaten dat er iets was. Toen viste Nienke de twee gevallen pannenkoeken van de vloer en drapeerde ze als vaatdoekjes over haar blote arm. 'Ik weet iemand die deze lust!'

'Die iemand weten wij ook!' zeiden wij, en we gingen ach-ter Nienke aan de bijkeuken door, de achterdeur uit naar buiten.

We zagen het meteen, want het was nu licht. We zagen het, maar we zeiden het niet hardop, want als je iets niet hardop zegt, dan is het misschien ook niet zo. Zwijgend hol-den we door het hoge natte gras, maar het was wél zo: de staldeuren stonden wijd open, en de stal was leeg.

'Staan blijven jullie!' Ik hurkte neer en zocht naar sporen. Niets. Geen grote voetafdrukken, geen kleine voetafdrukken. Geen afdrukken van paardenhoeven ook, niet de stal in, en niet de stal uit.

Ik keerde me om naar de zusjes, die daar met open mond stonden te kijken, Nienke met een stijf vooruitgestoken armpje waar de pannenkoeken nu vanaf gleden.

'Spoorloos,' kondigde ik aan.

'Het heeft anders net geregend, hoor,' zei Lien. 'De sporen zijn uitgewist.'

'Hoogstwaarschijnlijk,' begon ik, maar opeens bukte de tweeling zich en raapte een handvol veren op uit het gras, grote, wit en bruin gespikkelde veren. Wij staarden elkaar aan, de zusjes en ik. Toen boog ik me diep over de veren.

'Hoogstwaarschijnlijk,' zei ik, 'hoogstwaarschijnlijk is Bajaar dus op eigen houtje... heeft Bajaar zonder ons... terwijl we het hem nog zo verboden hebben, heeft Bajaar toch zijn vleugels...' Ik wees naar de lucht.

De zusjes begonnen plechtig en bedroefd te knikken, en toen Momo het erf op kwam om ons binnen te halen stonden we nog altijd de hemel in te turen, de handen boven onze ogen.

'Jullie vrágen om reumatiek!' mopperde Momo, terwijl ze ons het huis in joeg.

'Wat is dat nu weer?'

'Een ziekte die je krijgt van blote voeten in nat gras.'

'Wij krijgen dat heus niet, wij krijgen nooit wat we vragen.'

Annie was buiten Momo's bereik en dus gaf ík haar de mep die ze verdiende.

In de keuken werden we op de houten bank geduwd.

'Momo...' begonnen wij.

7

Ze pakte de oudste, de ruwste handdoek, die gele met de verbleekte rozen, en hurkte voor ons neer.

'Momo?'

Ze knipte met haar vingers. Wij staken onze benen uit en zij roste onze voeten tot ze weer levend werden. Ze begon bij de kleintjes, want die kermden het hardst. Vanwege de kou, dacht zij.

'Momo,' zeiden wij, en de zusjes probeerden hun snikken in te houden.

'Wassen! Aankleden!'

'Maar er is iets, Momo.'

'Ja ja ja!' zei Momo. 'Stal uitmesten vanmiddag! Heb je nu mooi de gelegenheid voor.'

2

De dag trok zich nergens iets van aan en begon net als altijd. Wassen en aankleden, taallessen maken en geschiedenis leren en sommen uitrekenen, op oud pakpapier kleurplaten tekenen voor de kleintjes, de kippen en de ganzen voeren, appels rapen en hout sprokkelen. Een dag als alle andere dagen. En net als alle andere dagen was onze Momo in haar zwarte fladderjurk met bloemen overal tegelijk.

Buiten snoven we diep. De zusjes tuurden omhoog en met ogen en handen volgden ze iets groots en diks dat met een breed uitwaaierende witblonde staart over ons huis vloog en in het verre weiland achter de bosjes landde.

'Julia! We ruiken paard!'

'Dat is de stal.'

'Dat is Bajaar. Hij loopt te grazen in het verre weiland achter de bosjes!'

'Welnee.'

'Als we onze oren spitsen horen we hem briesen.'

'Dat is het gesnotter van de tweeling.'

'Hij is vanochtend alleen maar een eindje om gegaan, en nu is hij teruggekomen.'

'We gaan op onderzoek uit,' zei ik ten slotte, maar Momo kwam de achterdeur uit en zette een grote teil met natte was en een mand vol knijpers aan mijn voeten.

Aan het eind van de middag stuurde Momo de zusjes met een mes de moestuin in om groente voor het avondeten. De zusjes knikten braaf, maar ik zag dat ze hun hielen lichtten zodra Momo zich had omgedraaid. Je hoeft niet te vragen wat ze gingen doen.

Momo en ik stapten de stal binnen. Ik kwam uit de zon en zag niets anders dan donker, maar ik wist dat de stal nog altijd leeg was. Een paard hoef je echt niet te zien om te weten dat het er is.

'Aan de slag,' zei Momo. 'Julia, haal de kruiwagen.' Ze smeet de staldeuren wijd open, alsof ze enorm plezier had in die leegte.

'Momo,' vroeg ik voorzichtig, 'Momo, waar kan hij gebleven zijn?'

Ze haalde haar schouders op.

'Paardendieven?' probeerde ik.

'Paardendieven? Welnee! Daar had hij korte metten mee gemaakt', en Momo wees op de stalvloer, alsof ze daar in gedachten de bloedig vertrappelde dieven zag liggen.

'Hoe is hij er dan uit gekomen?'

'Van dat beest kun je alles verwachten.' Momo pakte de mestvork.

'Hebt u niets gehoord vannacht?' vroeg ik.

Zwijgend kwakte Momo een grote lading stro en mest in mijn kruiwagen.

Toen ik voor de derde keer de kruiwagen naar buiten reed om hem op de mesthoop te gaan legen stonden de zusjes op een rij bij de staldeuren. Ik hoefde niet eens naar ze te kijken om te weten dat ze alle vijf met grote droevige ogen van nee stonden te schudden.

'Moeten we hem niet gaan zoeken?' vroeg ik aan Momo toen ik de stal weer binnenliep.

'Dat heeft geen zin, dat weet je van de vorige keren.'

'Hoe krijgen we hem dan terug?'

'Van dat ellendige beest kun je alles verwachten,' zei Momo onverstoorbaar. 'Voor je het weet staat hij weer voor je neus.' Ze duwde de bezem in mijn handen, ging naar buiten en dreef de zusjes voor zich uit. Om de hoek van het huis hoorde ik haar nog mopperen.

Toen ze weg was trok ik de deuren halfdicht en begon ik een dikke laag vers stro op de vloer uit te spreiden. In Bajaars voederbak, met de afgekloven rand, legde ik een armvol hooi. 'Straks haal ik nog wat appels voor je,' zei ik tegen het donker.

Geen woord mochten we zeggen over Bajaar. Geen traan wilde Momo van ons zien en geen snikje wilde ze horen, zelfs niet van de tweeling.

'Dat beest,' zei Momo, 'daar kun je immers alles van verwachten.'

Terwijl ze het eten opschepte zat ik onze grootmoeder te bekijken. Maakte zij zich dan geen zorgen? Haar gezicht was net als anders. Momo's zwarte ogen staan altijd hard en fel, maar haar mond glimlacht, met steeds dezelfde strakke glimlach. Wij mogen ook nooit chagrijnig kijken van haar. 'Vort, de gang op,' zegt ze dan, 'ga je gezicht omruilen!' Zij heeft haar gezicht voorgoed omgeruild. Verdriet hoort vanbinnen, zegt ze, niet vanbuiten.

We aten. Wij konden alleen maar over Bajaar praten en dat mocht niet, dus niemand zei iets. Momo glimlachte haar glimlach.

'Liedje zingen alstublieft, Momo,' fluisterde de tweeling, die het niet langer uithield.

'Straks, bij 't slapengaan.'

'Nu? Nu, alstublieft, Momo?'

'Ja Momo,' riepen wij, 'alstublieft, alstublieft dat liedje van de toren.'

'Nee, nee, dat van het vuur, Momo, van het vuur, van het vuur!'

'Nee, nee, van de schepen, van de schepen!'

'Nee, van de vogels...'

'Van de liefde...'

'Stil jullie allemaal!' riep Momo. Ze deed haar ogen dicht, ze deed haar ogen open, vouwde haar handen in haar schoot en begon te zingen.

In het begin is Momo's stem beverig en haar mond ook, zodat wij altijd bang zijn dat ze zal ophouden om nooit meer verder te kunnen. Maar dan zingt ze door, steeds helderder. Ze zingt in haar eigen taal, die wij niet verstaan en die we toch begrijpen.

Wij zuchtten diep, schoven de leeggegeten borden opzij en legden het hoofd op de armen om Bajaar te vergeten. We zagen het meisje uit Momo's lied met wapperende rokken en wapperende haren door het veld rennen, en haar pijl en boog richten op een buizerd die hoog boven haar hoofd rondcirkelde.

Even tilde ik mijn hoofd op. Momo's ogen glansden en de zusjes glimlachten.

3

Dat wij anders zijn vind ik niet erg, niet zolang Momo er is.

'U bent wel erg oud, hè,' zei Annie laatst zomaar en toen antwoordde Momo: 'Reken maar dat ik blijf leven totdat ik jullie allemaal heb grootgebracht!'

'En dan?' vroeg Annie.

'Dan niks!' zei ik gauw.

Als Momo erg boos op ons is dan schreeuwt ze wel eens: 'Ik breng jullie allemaal naar het weeshuis!' Maar het weeshuis zou ons helemaal niet nemen natuurlijk, want dat neemt alleen maar hele wezen, geen halve, zoals wij.

Het weeshuis staat in het dorp. Het heet Rustoord, wat ik een rare naam vind voor een huis vol kinderen. Moeten ze soms de hele dag hun mond houden? Ze dragen allemaal dezelfde donkerblauwe jasjes met ijzeren knopen, met daaronder afschuwelijke mouwschortjes van bakkersbroekenstof, ook naar school.

Wij gaan niet naar school. Wij hoeven niet, want wij hebben onze eigen juffrouw: Momo. Momo heeft haar diploma's. 'Ik heb mijn diploma's!' zegt ze als er weer zo'n leerplichtmevrouw aan de deur komt. 'Gelooft u me soms niet?' Ze geloven haar niet omdat ze anders praat dan de mensen hier. En dan laat ze haar diploma's zien van de 'normaalschool' en haar getuigschrift van de school waar ze juffrouw is geweest, en onze lesboeken, en onze schriften, en dan ons. En dan zegt zo'n inspectrice: 'Het is maar een formaliteit, mevrouw. Neemt u me niet kwalijk, mevrouw.'

'Ik groet u,' antwoordt Momo, en als het mens vertrokken is begint ze te schelden. 'Hóllanders! Hóllanders ook altijd!' Momo is geen Hollander. Ze komt uit België, uit het meest westelijke puntje van België, aan de zee. Daar is ze geboren, met één teen in Frankrijk, zegt ze altijd. Ik geloof dat ze nog steeds heimwee heeft.

Naar de kerk gaan we trouwens ook niet. Als ik 's zondags de klokken van de Petruskerk in de verte hoor luiden, moet ik eraan denken hoe het was in onze kerk van toen: de hoge, kapotte ramen met hier en daar flinters gekleurd glas waarin je nog een stuk van het lam kon herkennen en een staf en de blauwe zoom van een lang gewaad. De kou, het orgel, het zingen, het geschuifel van voeten, de lucht van natte jassen, de dikke priester, de misdienaars die gewoon jongens waren en die een koperen bol aan kettingen heen en weer zwaaiden zodat er rook uit wolkte die me misselijk maakte. Maar hoe ik ook mijn ogen dichtknijp: ik kan niet zien wie er naast me in de kerkbank zaten, toen.

Momo bidt wel eens. 'Ik kan het niet laten,' zei ze een keer toen ik het zag. 'Maar eigenlijk zou ik...' en ze stak dreigend haar vuist in de lucht.

Gisteren mocht ik naar de leesbibliotheek. Ik was klaar met geschiedenis, in de moestuin was niet veel te doen, het huis was al schoon en ik had niets te lezen. *Begin* vind ik vervelend, voor *Heidi* ben ik te oud, en ik had geen zin in weer *Gullivers Reizen* en weer de *Negerhut* en weer *Nils Holgersson* en weer *Alleen op de wereld*. Ik wees naar *Gejaagd door de wind* in Momo's boekenkast, maar Momo zei dat ik daar nog maar even mee moest wachten. Ik vroeg niet waarom. Misschien gebeuren er van die dingen in waarvan zij denkt dat ik ze niet begrijp. Ze gaf me *Kees de jongen*, maar dat ken ik zo onderhand uit mijn hoofd.

14

'Mag ik naar Vroliks?'

Vroliks in het dorp heeft een winkel met snoep en boeken, links de glazen potten met snoep – daar zit haast niks in en het is allemaal surrogaat, zegt Momo altijd met een vies gezicht – en rechts de boeken in kartonnen dozen met muizenkeutels op de bodem. Voor vijftien cent mag je drie boeken lenen, een week lang.

'Dat gaat niet, Lien is verkouden, en Annie en Nienke zijn niet klaar met hun werk.'

'Ik kan toch alleen gaan. Ik ben de oudste.'

'Wacht maar tot ik naar het dorp moet.'

'Dan heb ik niets te lezen.'

Ten slotte mocht het. Ze gaf me geld.

'Geen snoep!'

'Goed Momo, geen snoep.'

'En zeker niet die...'

'Nee Momo, niet die vieze roze brokken.'

'En niet langs de stroom. Op de weg blijven. En met niemand praten.'

Dat was gemakkelijk beloofd. Wie wil er met ons praten?

Ik ging toch langs de stroom, want dat is veel korter – over de weg is het wel drie kwartier. En langs de stroom kom je niemand tegen. Soms jagers of vissers, maar die zeggen nooit wat. Er is een jager die zijn ding uit zijn broek haalt als je langsloopt, en daar moet je dan wel naar kijken, of je wil of niet. Wij zeggen dat niet tegen Momo, anders gaat ze hem vast en zeker met de mestvork te lijf.

In de winkel van Vroliks stond niet de baas zelf achter de toonbank, maar een vreemde vrouw. 'Wat wil je?' vroeg ze toen ik naar de boeken liep.

'Boeken lenen,' zei ik. 'Alstublieft,' voegde ik er gauw aan toe.

Ik merkte dat ze me bekeek, mijn haar, de bruine wollen

jas die Momo voor me heeft gemaakt uit een oude van haar-
zelf, mijn afzakkende kousen, mijn schoenen.

'Ik heb mijn voeten geveegd,' zei ik.

Ze staarde me aan en vroeg toen: 'Van wie zijde gij d'r
eentje?'

Niemand vraagt dat ooit; iedereen kent ons, al weet ik niet
hoe. Maar ik kan toch antwoord geven als iemand me iets
vraagt, ook al denk ik bij mezelf: stík, mens! Ik kan toch zeker zeggen: Ik ben er een van Quaeghebuer?

Ik zweeg. Waarom weet ik niet goed. Ik deed of ik de boek-
titels las, zonder één letter te zien.

'Nou?'

Ik keek op naar de vrouw. 'Ik kom van buiten het dorp.' En
intussen dacht ik: lelijk dik oud wijf, met je bleke vissenogen
en je schorre krasstem en je hondenhaar! Heb je mijn grootmoeder wel eens gezien? Dat is een keizerin, mijn grootmoeder. Zelfs als ze in de moestuin staat te spitten in haar
alleroudste jurk aan en met haar haar los, dan is ze nog een
keizerin!

'Niet een van Melis,' zei de vrouw langzaam, 'en niet een
van Kuik...'

Ging ze soms alle boerenfamilies uit de buurt opnoemen?

'Kan ik boeken lenen alstublieft?' Ik liet mijn stuivers
zien.

De vrouw grijnsde naar me. 'Sinds wanneer kunnen zigeuners lezen?'

Ik geloof dat ik haar wel een minuut heb aangestaard.
Toen begreep ik het pas. Ze wist nu van wie ik er een was, ze
wist dat ik er een was van die vrouw met de zwarte ogen uit
het afgelegen huisje, die met niemand omging, van wie niemand iets wist, die vreemdelinge met al die kinderen die ze
God weet waarvandaan had. We moesten dus wel zigeuners
zijn!

Intussen wist ik niet wat ik moest doen, ik stond daar maar te staren naar die bruine tanden van haar. Maar opeens gilde ik: 'Ik hoef die stinkboeken van u niet!' en ik stormde de winkel uit. Op straat keken de mensen om, zo hard sloeg ik de winkeldeur achter me dicht.

De hele weg naar huis heb ik gerend. Het begon al donker te worden, maar ik was niet bang, zelfs niet toen ik vlakbij hoorde schieten. Arme eenden, dacht ik, en ik rende verder. Hoe zou eend smaken trouwens? In Momo's oude kookboek, waar we altijd in lezen als we honger hebben, staat: *Om den sterken smaak der eendvogels weg te nemen vult men ze wel eens met gesnipperde zure appelen en naait ze daarna dicht.* Ik geloof niet dat Momo eendvogels zou willen klaarmaken.

'Kom je nu met niets naar huis?' vroeg Momo verwonderd toen ik binnenkwam.

Ik haalde mijn schouders op en gaf haar de stuivers terug. 'Ik ben veel te groot voor dat soort boeken,' zei ik.

Momo moest er een beetje om lachen. Ik keek haar aan en maakte me lang. Ik vertelde niet over de vrouw, en over de winkeldeur. Zigeuners zijn we, dacht ik trots, en Momo is onze keizerin. En toevallig vegen zigeuners de vloer aan met lelijke oude wijven met fletse ogen en bruine tanden.

Momo gebaarde naar haar boekenkast. Lees dan maar wat je wil, bedoelde ze.

Nu lees ik *Gejaagd door de wind.* Het is Amerikaans. Drie dikke delen zijn het, met plaatjes.

4

De tweeling gaat steeds zitten zingen in de stal om Bajaar terug te roepen. Volgens mij jagen ze hem er eerder mee van huis, met dat gepiep, maar als ik dat zeg gaat de tweeling huilen en daarna gaan ze allemaal huilen, ik ook, maar bij mij is het natuurlijk niet echt.

'Dat beest heeft groot gelijk dat hij hier niet meer terug wil komen, met dat gejeremieer van jullie!' zegt Momo. 'Hij gaat nog liever naar de paardenslager!' en ze doet de staldeuren op slot, maar wij wrikken ze stiekem weer open en leggen lekkere schillen in de voederbak. Als Momo naar het dorp is of naar de boer dan gaan de zusjes overal zo hard ze kunnen om Bajaar roepen.

'De paardenslager, die bestaat niet, hè Julia?'

'Nee,' zeg ik maar, 'die bestaat niet.'

'Hoe lang duurde het de vorige keer, Julia, voor Bajaar terugkwam?'

'De vorige keer,' zeg ik, 'is hij wel vier maanden weggebleven!'

Ik verzin maar wat; het was echt niet langer dan een week. Ze weten dat toch niet meer. Ze weten niks, ze onthouden niks. Buiten Momo ben ik de enige die alles onthoudt, die alles nog weet. Niet alleen van Bajaar natuurlijk, vooral van al het andere. Het eerdere. Ik onthoud alles. En ik onthoud alles heel precies. Lien onthoudt de dingen verkeerd; ze onthoudt bijvoorbeeld dat onze papa met haar danste. Altijd als ze dat soort dingen begint te zeggen loop ik van haar weg.

Vanmiddag was ik met Momo in de keuken. Ze had de zusjes naar buiten gestuurd omdat ze te veel kabaal maakten, maar ik mocht blijven en ik ging bij haar aan de tafel zitten omdat ik heel even dacht dat ze weer zou gaan vertellen, aan mij alleen. Vroeger, in ons oude huis, ons echte huis, vertelde ze altijd als ze bij ons op bezoek was, vertelde ze van Marie. 'Op een dag,' begon ze dan, 'op een dag ging...' en ze wachtte. 'Marie!' riep ik meteen, 'de kleine Marie!' 'Op een dag,' vertelde Momo dan verder, 'ging de kleine Marie...'

Vroeger was dat, in ons oude huis, ons echte huis. Opa Jef was er nog. Die zat er vaak bij en dan verbeterde hij glimlachend Momo's verhaal. Dat was vroeger. Vroeger is vroeger en nu is nu. Nu vertelt Momo nooit meer, maar ik ken alle verhalen van Marie uit mijn hoofd natuurlijk.

Vanmiddag, in de keuken, had ze de radio aangezet voor het nieuws en opeens kwam die muziek waar ze van houdt. Ze pakte me bij mijn armen, trok me overeind en walste met me om de tafel. 'Een twee drie, een twee drie!' zong ze, en we tolden in het rond.

'Och! Och! Och!' zuchtte Momo toen ze weer ging zitten. De spelden waren uit haar haar gegleden, en toen ze haar hoofd schudde ging het los en golfde het over haar schouders, zwart en grijs als van een gestreept dier. Ze keek op de tafel zodat ik haar ogen niet kon zien, maar ik wist best hoe die stonden. En ik dacht aan onze papa. Ik kon het niet wegjagen, wat ik dacht. Ik hoefde het ook niet weg te jagen. Ik dacht aan het dansen toen met onze papa, hoe ik al haast te groot was om op zijn arm te zitten, en veel te zwaar, plaagde hij, en hoe ik mijn armen stijf om zijn nek sloeg om niet te vallen, en hoe ik zijn gezicht van heel dichtbij zag, met de stoppeltjes, de lijnen en de putjes, zijn grote lippen en zijn ronde zwarte glimogen onder de woeste wenkbrauwen, en

19

het sluike zwarte haar dat hij steeds opzij moest schudden, en hoe hij mij ronddroeg en zachtjes in mijn oor zong: 'Eén twee drie, één twee drie, Júlia zwíérelier!' Niet op muziek natuurlijk, want radio was toen verboden. We neurieden de muziek er gewoon bij, Jú-li-a zwíé-re-lier. Ík was dat, niet Lien. Lien-zwie-re-lier kan trouwens niet, dan heb je twee stappen over, dus daarom weet ik het zo zeker.

Momo keek op en ik keek terug, ik staarde zo strak als ik kon in haar ogen – dat helpt altijd goed, tenminste, als ík het doe. Ze stak haar hand uit. Ze zei: 'Deze ring is later voor jou', en ik knikte. Het is zo'n zware zilveren ring met kleine bolletjes langs de randen en met een vierkant van bloedkoraal in het midden. Hij is me veel te groot. Stel je voor dat ik ooit zulke dikke vingers krijg!

'Je had allang de was moeten binnenhalen,' zei Momo. Ze stond op om de strijkplank klaar te zetten en het ijzer warm te maken.

De zusjes speelden op het achtererf en met mijn ogen stijf dichtgeknepen wenste ik ze weg. Voorgoed. Maar ik merkte best dat ze bleven, want ze gilden van heel dichtbij.

Misschien wil ik ze ook niet echt weg hebben, want om de tweeling moet je vaak lachen, Momo ook, omdat ze zo klein zijn en niks weten en zo grappig brabbelen en omdat je in hun dikke billen mag bijten wanneer je maar wil, en aan Lien ben ik zo gewend en Nienke en Annie geloven altijd alles wat ik zeg. Maar ik hoor niet bij ze, of zij niet bij mij, ik weet het niet zo goed.

'Helpen was afhalen!' riep ik. Ik gooide kousen en onderbroeken naar hun hoofd, maar ze staken geen poot uit.

'Wij kunnen niet bij de lijn,' zeiden ze met de handen op de rug.

Ik wil ze denk ik toch liever weg hebben.

5

Vandaag ben ik vóór Momo opgestaan. Ik ben haar gaan wakker maken. Momo's kamer is altijd spookachtig in het donker doordat ze de gordijnen openlaat, of er nu maan is of niet. Ze staat 's nachts ook vaak voor het raam over de zandweg uit te kijken. Dat weet ik van de keren dat ik zo akelig had gedroomd en naar haar toe moest.

'Wat kom je doen?' vroeg ze nu met een schorre slaapstem.

Ze wil nooit dat ik naar haar kijk als ze slaapt, want dan zie ik haar vlecht en de donkere kringen onder haar ogen en haar droevige mond.

'U moet toch naar de stad vandaag?'

Langzaam kwam ze overeind en nam de witte gehaakte omslagdoek van me aan.

'Naar de stad...' zei ze.

Ik ging op de rand van haar bed zitten; ze zei niet dat ik weg moest gaan, ze maakte zelfs plaats. Naast haar bed staat een nachtkastje met een marmeren bovenblad en een deurtje met figuurtjes erin van parelmoer, een soort bloemranken en blaadjes. Ik moet er altijd naar kijken, want in het donker glanzen ze en dan lijkt het wel of ze leven. Op het marmeren blad lag het boek dat Momo aan het lezen is; er stak een envelop onderuit. Bij gewone post pakt Momo altijd de briefopener, dat bleke mes dat van bot is gemaakt, maar dit was speciale post. De envelop was heel haastig en ruw opengescheurd, zag ik. Hij was lichtbruin, vol met stempels. Die kon ik niet zien natuurlijk, maar ik wist het, want zo zien ze er altijd uit, die enveloppen met speciale post. Een puntje van de brief stak tussen de rafels uit, een dunne, gelige, getypte brief, ook dat wist ik zonder hem te zien.

Momo zag me ernaar staren.

'Welke trein neemt u?' vroeg ik gauw, alsof ik alleen maar op haar klokje had gekeken. 'En zal ik theezetten, en wilt u twee beschuiten?'

Ik was al bij de deur. Momo keek naar mijn voeten.

'Hoe vaak,' begon Momo, 'hoe vaak moet ik je nog zeggen...'

'Ik ga mijn sloffen aantrekken,' zei ik.

Ik was de enige die haar uitzwaaide. De zusjes hadden alleen maar gezeurd dat ze iets lekkers moest meebrengen, en nu zaten ze aan de ontbijttafel te vechten om Momo's tweede beschuit en het laatste likje jam. Momo fietste weg in de grauwe ochtendschemer. Bij elke kuil in het zandpad zag ik haar achterlichtje flikkeren en de handtas voor deftige bezoeken wild heen en weer zwiepen aan haar stuur. In die handtas had ze de brief en al de andere papieren die ze altijd meeneemt. Ze keek niet om, maar ik wist dat zij wist dat ik daar nog stond. Ik zwaaide naar haar donkerrode hoed en naar haar harde rechte rug in de donkerrode jas.

Ze verdween om de bocht en ik rende naar binnen, terug naar de keuken.

'Onmiddellijk aan het werk jullie! Luie varkens!'

Lien keek met grote ogen naar me op.

'En jij hoeft geen vragen te stellen! Je moet trouwens de tweeling helpen met de letters.'

'Als Momo terugkomt...' begon Lien.

'Als ze terugkomt dan kan de tweeling lezen,' riep ik. 'Als

verrassing van jou, voor haar. En dan hebben Annie en Nienke twee bladzijden met staartdelingen af en dan...'

'...dan heb jij ons honderd verhalen verteld,' zei Lien, 'als verrassing. Van jou. Voor ons.'

'Ja, Julia, ja! Verhalen vertellen!'

'Ja! In de paardenstal, Julia!'

'Met dekens!'

'En een lichtje!'

'En lekkers!'

En ik zei ja. Ja, zei ik, straks.

Ik moest een som maken over een straat met straatlantaarns erlangs, en ik had een hekel aan die som want onze Momo reed over dat schemerige, hobbelige zandpad, zonder lantaarns. Annie en Nienke verveelden zich dood met hun staartdelingen. De tweeling was al bij de b. De keukenklok stond stil.

We lieten alles liggen, we haalden dekens van onze kamer, achter het fornuis vonden we de lucifers, en in de bijkeuken de stormlantaarn. Ik dacht er op tijd aan dat we geen brand moesten stichten en veegde de gemorste petroleum netjes af met een lap.

In de paardenstal zette ik de lantaarn neer op het grijze steen, ver van het stro. 'Als jullie hem omgooien,' zei ik, 'vindt Momo straks zes verkoolde geraamtes.'

'Ja,' zeiden de zusjes.

Ons lekkers, een homp oud brood met kaneel, lag op een bord in de kring. De kring, dat waren wij, in kleermakerszit in het prikkende stro, met dekens om onze schouders en een koude paardenlucht in onze neus.

'Julia, vertel je dan nu van...'

'Van de klompjes, Julia!' eiste de tweeling zoals altijd. 'Eerst van de klompjes.'

6

'Heel, heel vroeg in de morgen, nog voor de zon op was, had vader het paard ingespannen en was... Nee, nee, opnieuw. Heel vroeg in de morgen had vader het dikke grijze paard Pol voor de kar gespannen, had de kleine Marie op de bok getild en was door de duinen... nee, had het sleepnet in de kar gelegd, had de kleine Marie op de bok getild en was door de duinen naar het strand gereden om te gaan vissen.'

Ik haalde een paar prikkende strootjes uit de kuit van mijn kous, trok de deken strakker om me heen en liet achter de duinen voorzichtig de zon opgaan. De kar was op het brede ebstrand blijven staan. Marie trok met een stok zijn uitgerekte schaduw na in het zand. Het was een reuzenkar, en vader was een reuzenvisser op een reuzenvissersspaard. Marie deed haar ogen dicht om te horen hoe Pol op zijn plompe hoeven halt hield in de branding omdat hij nu eenmaal niet hield van dat schuimen en bruisen, en pas verder durfde na een zachte klap in zijn hals en een brommerige schreeuw van vader.

Alles werd nu oranjeroze, het zand en de zee en ook de meeuwen. De kleine Marie met de zwarte haren en met de lange rokken aan zat dicht bij de branding. Ze ving de zon in het binnenste van een mosselschelp, ze zong het liedje van Sinte-Barbara in de toren en af en toe keek ze op en zwaaide naar haar vader en het paard die samen door de zee zwoegden. Haar klompen had ze uitgedaan; straks zouden ze wegdrijven, maar dat wist ze nog niet.

'We horen de meeuwen,' zuchtten de zusjes met hun ogen dicht. 'En we ruiken de zee.'

'Ja, de zee! De zee! En de zeebeesten die in de schelpen hebben gezeten.'

'En de vader, de vader ruikt naar zout en naar vis.'

'En we ruiken het paard, het paard ruikt naar paard en naar zout, het is een zeepaard! En straks brengt hij de weggespoelde klompjes terug in zijn mond, hè?'

'Ja,' zei ik maar.

'Wij weten wat,' zei de tweeling toen.

Ze deden allemaal hun ogen weer open. De mijne waren aldoor al open omdat ik immers op de brandende lantaarn moest passen en op de zusjes en op de stal en op het huis en op het erf en op de moestuin. Hoe laat zou het zijn? En waar was onze Momo nu? Ik joeg haar weg uit mijn hoofd. Het lukte haast niet.

'Wij weten wat,' zei de tweeling nog eens. 'Wij weten waar Bajaar naartoe is gevlogen. En wie draagt hij op zijn rug als hij terugkomt?'

'Stil! Het verhaal is nog niet uit!' zei ik.

'Wie brengt hij op zijn rug naar huis? Als verrassing? Voor jullie?' kraaide de tweeling.

'Als je je mond niet houdt vertel ik nooit meer een verhaal! Als je je mond niet houdt laat ik Pol de klompjes helemaal aan splinters bijten!'

De tweeling huilde en de meeuwen krijsten en de zee ruiste en ik liet Marie een grote ring van schelpen en dode zeesterren om zich heen leggen. Toen keek ze op omdat ze naar vader wilde roepen wat ze had gemaakt. Ze zag vader en het paard heel in de verte; ze waren aan het keren en vader merkte niet dat ze zwaaide en hoorde niet dat ze riep. En toen zag Marie haar gele klompjes in de zee dobberen.

Ze rezen en ze daalden en ze klommen tegen steeds hogere golven op, aldoor naast elkaar. Marie sprong op en rende de branding in, maar ze was bang van het gebruis en van het schuim en van de beesten die in haar voeten zouden bijten.

'Krabben! Krabben, die doen dat, die knippen je tenen af, hè Julia?'

De zusjes zaten hun tenen vast te houden en met dichtgeknepen ogen om de krabben te rillen.

'Die dag,' zei ik, 'waren er geen krabben. En ook geen kwallen', maar toch liet ik Marie vlug achteruitlopen tot op het droge. Ze ging weer zitten om te kijken naar haar vader en het paard en de golven en de klompjes. Steeds zou ze aan die klompjes blijven denken, ook toen ze al veel grotere klompen droeg, toen ze schoenen droeg zoals de stadsmensen, toen ze ver weg was van de zee en van vader die net zo grijs was geworden als het paard.

'Toen ze verliefd werd,' zuchtte Lien met haar mond vol oud brood.

'Ja,' zei ik.

Ik keek naar de lantaarn; hij roette een beetje. Ik keek naar de kier tussen de staldeuren. Er viel een baan grauw licht doorheen en er gleed een schaduw langs.

'Ja, verliefd,' ging ik verder. Ik kroop stil uit mijn deken en stond op. 'Verliefd op de schoolmeester.' Ik greep de mestvork. 'Die was heel lief en heel mooi en...'

Door de kier zag ik die brede schaduw weer terugkomen. Ik dacht aan de debiele zoon van boer Kuik en aan de kwaaie vrouw van bij Vroliks, aan de grote dorpsjongens die altijd stenen naar ons gooien en woorden roepen die we niet begrijpen en die we niet aan Momo durven vragen, aan de vieze jager met zijn hand in zijn broek. Waar waren de ganzen? Waarom hadden ze niet geschreeuwd? Ik keek om naar de zusjes, hield de mestvork voor me uit en sloop naar de deuren. Voorzichtig duwde ik ze met mijn voet open. Nog steeds dacht ik aan de rotjongens en aan de vieze jager, ook toen ik al wist wie het was, en rook wie het was.

De mestvork moest ik laten vallen om het hoofd van Bajaar van me weg te houden. 'Waar heb jíj gezeten!' zei ik, precies zoals Momo dat gezegd zou hebben, en ik greep hem bij zijn manen. Achter mij kwamen de zusjes op hun tenen de stal uit, hun lippen stijf op elkaar geklemd, alsof één zuchtje Bajaar weer de lucht in zou hebben gejaagd. Maar hij zag er niet uit of hij uit de hemel was neergedaald, eerder alsof hij uit de aarde omhoog was gekomen. Zijn hele lijf zat onder de modder, zelfs zijn oren en zijn witte wimpers zaten vol met zand.

En er zat niemand op zijn rug. De tweeling stond doodstil in de deuropening, hand in hand en met gebogen hoofd. Ik vond ze zo dom en zo klein dat ik ze over hun haar aaide en zei: 'Ik weet wat!'

7

Het was al schemerig. De trein van kwart over vijf zou zo aankomen, Momo zou eruit stappen en haar fiets gaan ophalen uit het steegje naast de bakker. Aan haar stuur zou ze de leverkleurige handtas hangen, met bijvoorbeeld een telegram erin dat heel lang zoek was geweest en dat nu eindelijk boven water was gekomen. Of met een dikke brief aan ons, een brief die de hele wereld rond had moeten reizen, een brief in zijn mooie puntige handschrift en met kleurige buitenlandse postzegels erop vol tropische vogels en wilde beesten, een brief die ons vroeg om eindelijk over te komen. Of met een klein, dik postpakketje vol foto's: *Zo ziet het er hier uit. Zo zie ik er nu uit. Dit is mijn huis, het wacht op jullie.*

Of met niets.

Ze zou het dorp door fietsen, Momo, langs de kerk en de school en de garage en de slager, en dan zou ze de spoorlijn oversteken, links en rechts en links en rechts kijkend, voor alle zekerheid, dan zou ze langs de witte villa van Maurier rijden om daarna de lange smalle weg met bomen in te slaan, die 's zomers op een tunnel lijkt en 's winters op een pad met soldaten langs beide kanten.

En aan het eind zou ze ons zien.

Met de dekens om ons heen geslagen – we waren Indianen, vond Lien – liepen we het pad af, Lien voorop met de lantaarn. Ik volgde. Ik hield Bajaar bij zijn manen. Nienke en Annie zaten kaarsrecht op zijn rug, Nienke met Pia in haar armen en Annie met Marte, alle vier giechelend en kwette-rend, met blinkende ogen en gloeiende wangen.

Lien liep met langzame, plechtige passen. Haar linker-hand hield de punten van de deken onder haar kin bij el-kaar, de rechterhand met de lantaarn stak ze ver voor zich uit. 'Wij zijn een processie, Julia,' riep ze over haar schouder. 'Maar niemand ziet ons.'

'Dat is maar goed ook. En hou die lamp eens wat hoger.'

'Dan krijg ik een lamme arm.'

'Toch moet het.'

Ik rekte mijn hals en spitste mijn oren: ik wilde Momo's trein horen aankomen. Of had ik niet goed opgelet? Was hij alweer vertrokken? Ik hoorde niets, alleen Bajaars hoeven die over het pad dreunden alsof hij een reus droeg in plaats van vier kleine meisjes. En de klompen van Lien en mij; ze klepperden zo hol. In de schemer zijn alle geluiden anders. Alles is dan anders. De bomen ook. Ze buigen zich over je heen om te kijken wat je aan het doen bent daar in de diepte op het pad, en ze steken hun grijptakken naar je uit.

'Loop wat vlugger, Lien. Bajaar trapt haast op je hielen.'

Ik snoof de koude herfstlucht op, ik snoof Bajaars paar-dengeur op en de zeepgeur van de zusjes, die eindelijk hun mond hielden. Liens lantaarn schommelde wild heen en weer. Ik zag dat hij te zwaar voor haar was, maar we had-den hem nu echt nodig, je zag haast geen hand voor ogen meer. In de verte brandden de lichten van het dorp al; Momo moest haar fietslamp aandoen. Straks zagen we die aanko-men, en zij zag onze lantaarn en dan dacht ze: wat komt dáár nu aan, met dat zwaaiende licht? Een processie soms?

Ik streelde troostend Bajaars hals, want in een echte pro-cessie mogen van meneer pastoor geen paarden meelopen, al helemaal niet van die modderige. Alleen maar kinderen, dorpskinderen met heilige gezichten en pijpenkrullen, met hemelsblauwe hemden aan van vorig jaar waarvan de gouden biezen loslaten, met geverfde kartonnen vleugels op de rug die slap gaan hangen in de mist, en dan zijn het zogenaamd engeltjes. Er mogen ook vast nooit wezen meelopen. Of halve wezen. En zeker geen halve wezen die de kleinkinderen zijn van een vrouw die haar vuist schudt tegen God.

Maar onze grijze dekens waren heel wat mooier dan die stijve hemden. Ze waren zacht door het wassen en de donkerrode strepen lieten niet los. En die namaakvleugels hadden wij ook helemaal niet nodig, want de punten van onze dekens flapperden achter ons aan. Als we gewild hadden, waren we zo de lucht in gevlogen, met Bajaar en al, want hij heeft geheime vleugels, echte vleugels, reusachtige, bruin en wit gespikkelde paardenvleugels die hem overal naartoe brengen.

Een wiebelig lichtje kwam ons tegemoet. Momo? Een vreemde? Meneer pastoor op zijn vrouwenfiets met een hand aan het stuur en een hand op zijn hart, op weg naar een zieke die doodging? Als je hem zo tegenkomt, meneer pastoor, moet je van de fiets springen als je op de fiets bent, of stilstaan als je lopend bent, en je moet goed voor hem opzij gaan en neerknielen omdat hij immers Onze-Lieve-Heer bij zich heeft. Maar Momo doet dat nooit. Ze buigt alleen haar hoofd en kijkt de andere kant op. Ik weet wel wat ze dan denkt. Ze denkt: die arme domme zieke, die meent dat hij naar de hemel gaat na uw bezoek met uw Onze-Lieve-Heer. Momo gelooft niet in de hemel. Lien wel. Ik ook niet, ik geloof niet in dingen. Ik wens dingen. Als je iets heel hard wenst krijg je het misschien. Maar misschien ook niet.

Als het echt meneer pastoor was zouden wij natuurlijk ook niet knielen. Lien niet omdat ze de lantaarndraagster was. Ik niet omdat ik ben zoals Momo. De zusjes niet omdat ze op Bajaar zaten. En Bajaar niet omdat hij een paard is en niet hoeft. Paarden kunnen wel knielen, maar vraag niet hoe. Het zou trouwens te gevaarlijk zijn, bedacht ik opeens. De zusjes zouden van hem afvallen en onder zijn buik terechtkomen en dood geplet worden.

Gauw streelde ik een dik beentje van Pia.

Het lichtje kwam steeds dichterbij en ik wenste steeds harder dat het niet meneer pastoor was, omdat ik hem nooit wil tegenkomen, vooral niet in de schemering. Als ik hem tegenkom moet ik denken aan dingen waaraan ik niet wil denken, dingen die ik wel kan wegjagen, maar pas na een poos, en dan heb ik ze allemaal al gedacht. Als ik hem tegenkom moet ik denken aan al die vieze andere-mensen-spullen in het vieze andere-mensen-huis waar we moesten wonen – en waar we nu nog steeds wonen. Dan moet ik denken aan de slaapkamer waar we niet mochten komen, aan de geluiden daar die we niet wilden horen, de geuren die we niet wilden ruiken, de dikke oude dorpsdokter in zijn jeep, de ziekenzuster met haar sluier, de pasgeboren tweelingbaby's die blauw zagen en mekkerden als zieke geitjes, en aan meneer pastoor, die kwam aanfietsen over het modderige pad, met zijn hand op zijn hart. Wat kwam die nu bij ons doen? Hoe kon hij fietsen met die lange rokken van hem en maar één hand aan het stuur? Waarom gilde Momo zo tegen de dokter? Waarom gilde ze zo tegen meneer pastoor?

Het was hem niet. Dat merkte ik aan Lien, die de lantaarn hoger hield en vlugger begon te lopen, aan Bajaar, die snuivend zijn hoofd in zijn nek gooide en zijn vaart inhield, aan Annie en Nienke die hem aanspoorden met hun kousenvoeten.

'Maar kinderen,' zei Momo toen ze afstapte. Doordat Lien de lantaarn optilde zag ik heel even Momo's ogen, en haar mond, die beefde alsof ze ging zingen, maar ze ging natuurlijk helemaal niet zingen. 'Maar kinderen,' zei ze weer, en de kleintjes juichten dat Bajaar terug was komen vliegen. Bajaar zelf rommelde. Dat doet hij als hij iets wil zeggen. Eigenlijk is het hinniken, maar dan van heel diep in zijn lijf, zodat het op onweer lijkt. Momo's gezicht zag ik niet goed meer. Het kon dus best dat het heel anders stond dan vanochtend, toen ze vertrok. Ik mocht het nu ook nog niet zien, thuis pas. Nu mocht ik nog niets weten.

'Wie wil er op mijn fiets?' vroeg Momo.

'Ik, ik!' Ik liet Bajaar los. We ruilden, ik de fiets en zij het paard met de zusjes. Voorzichtig liet ze hem keren.

Voor ik opstapte keek ik over mijn schouder en ik zag dat Lien Momo beetpakte en zich tegen haar aan drukte. 'Jij mag fietsen!' schreeuwde ik. 'Hier! Schiet dan op!'

Lien aarzelde maar even. Toen liet ze Momo los, holde naar me toe en trok de fiets uit mijn handen. Luidkeels zingend – ze is bang in het donker – slingerde ze over het pad, staand op de trappers, want ze kan nog lang niet bij het zadel.

Wij volgden. Ik droeg de lantaarn en Momo leidde Bajaar. Bajaar rommelde af en toe en keek telkens opzij naar Momo. Hij hield zijn pas een beetje in, want zij slofte, alsof ze niet meer kon.

'Wilt u niet op zijn rug?' vroeg ik.

Ze hoorde me niet. De zusjes keken naar haar en waren stil. Momo en ik waren ook stil. Ik wilde zeggen: had míj nu maar meegenomen – alsof ons dat meer geluk gebracht zou hebben. Maar ik zei het niet. Ik ben nog nooit met haar mee geweest, nog nooit. Ik weet niet hoe dat kantoor eruitziet waar ze heen gaat, ik weet niet of het er koud en akelig is, of ze er heel lang moet wachten, of ze moet blijven staan voor een groot bureau waar een man achter zit met een bril op, of dat er loketten zijn net als op een postkantoor, een speciaal loket misschien met een bordje *Opsporing Vermiste Personen*. Die dingen weet ik allemaal niet.

Momo's tas bungelde aan haar rechterhand, tussen ons in, en botste af en toe tegen mijn been. Ik hoefde niet meer te weten wat erin zat, en ik hoefde haar gezicht niet te zien om te weten hoe het stond. Thuis zou ik haar glimlach zien, haar gewone starre glimlach van alle dagen. Ik dacht aan de vorige malen dat ze uit de stad was teruggekomen en tegen mij, alleen tegen mij, van nee had geschud, heel even, je merkte het haast niet. En nu, in het donker, had ik het helemaal niet kunnen zien natuurlijk, dat heel kleine nee, zo kort, alsof het niets betekende. Alsof ze alleen maar wilde zeggen: we gaan weer gewoon door met dit leven.

Ik aaide even Momo's mouw, zoog hard op mijn lippen en dacht nergens meer aan. Ik kan alles wegjagen als ik wil, alles.

8

Vanmiddag, na onze lessen, mochten we eindelijk weer eens gaan rijden, maar we moesten van Momo dicht bij huis blijven. We mochten niet het bos in. We mochten niet de hei op. We mochten niet op het land van boer Kuik komen. We mochten niet het dorp in. En we moesten onmiddellijk naar huis komen als ze riep. En wij zeiden ja. Wat ja? Ja, Momo.

Eerst hesen we de tweeling op Bajaars rug. Lien liep links en hield Pieke vast, ik liep rechts met mijn hand in Martjes rug. Dat moet van Momo. Eigenlijk is het niet nodig, want Bajaar weet altijd precies wie er op zijn rug zit en of hij heel zachtjes moet sloffen of juist draven.

'Doe je ogen maar dicht,' zeiden we tegen de tweeling, 'en hou je goed vast! Waar willen jullie vandaag naartoe?'

'Naar golfjesland,' piepte de tweeling.

'Naar golfjesland,' fluisterde ik in Bajaars grote wollige oor, hoewel hij al begonnen was met zigzaggen. De tweeling wil namelijk altijd hetzelfde.

'Ogen dicht, stijf dicht!' waarschuwde ik. 'Eindje naar voren, Piek, anders kan hij zijn vleugels niet uitvouwen.'

Onder mijn hand trilde Martje van spanning.

Met de uiteinden van onze sjaals begonnen we de tweeling in hun gezicht te wapperen. 'Daar gaan we, daar gaan we!' riepen we.

'Jullie ook?'

'Ja hoor, wij ook.'

Langzaam zigzagden we over het modderige pad, één arm om een ruggetje, en met de andere driftig wapperend.

'Hoog, hè?' zei Lien. 'Niet kijken, hoor.'

De tweeling keek niet. Hun gezichtjes waren helemaal verfrommeld terwijl ze hoog boven golfjesland zweefden. Ik weet niet zeker wat ze bedoelen met golfjesland. De zee, denk ik. Momo's zee, de zee van Pol en van de klompjes, onze zee ook. Zij hebben de zee nog nooit gezien. Ik wel natuurlijk. Toen. We woonden dicht bij de zee, tot we weg moesten.

We lieten Bajaar naar het wilgenbosje rijden en dan weer terug naar huis. De tweeling wilde niet landen en niet afstijgen. Ze wilden hun ogen niet opendoen. Ze brulden dat ze niet op de grond wilden wonen en Momo moest komen om ze van Bajaars rug te halen. Ze schopten haar, maar toen ik ze klappen wilde geven keek Momo me zo aan dat ik rood werd en mijn vingers in elkaar vlocht op mijn rug.

Nu moesten Nienke en Annie nog. Ze wilden ons kwijt natuurlijk en spoorden Bajaar driftig aan, maar die bleef stapvoets gaan, omdat zíj op zijn rug zaten, en niet ik.

'Waar gaan jullie heen?' vroeg ik.

'Geheim, Julia, geheim,' giechelden ze, en ik zag de kuiltjes in hun wangen komen, ik zag hoe Nienke zich aan Bajaars manen vastklampte en hoe Annie haar armen om Nienkes middel sloeg, en ik zag ze met dichtgeknepen ogen opstijgen naar iets wat ik niet kende. Ze voelden de wind van Bajaars grote vleugels zonder dat ik iets deed.

Ik liep dikke kluiten modder voor me uit te schoppen.

Lien keek naar mijn gezicht. 'Laat ze toch, Julia,' zei ze, en ze glimlachte naar me.

Ze moet niet op die manier naar mij glimlachen, die Lien. Ik gaf haar geen antwoord en schopte nog harder.

Bij het wilgenbosje greep ik Bajaar bij zijn manen en liet hem keren. Annie en Nienke probeerden me weg te duwen en schreeuwden dat ik wreed was. Ik was net keizer Nero, riepen ze, want die hebben ze net gehad met geschiedenis.

'Waar zijn jullie geweest?' vroeg ik toen zo lief als ik kon, maar ze snauwden dat het me niks aanging, dat het een land was zonder Julia's, en intussen was Lien er op Bajaar vandoor en moest ik me een ongeluk rennen om ze in te halen en tegen te houden.

Ook Lien wilde niet omkeren, niet bij het wilgenbosje, niet bij de omgewaaide berk, nergens. Ze stak haar arm naar me uit, dat ik erbij moest komen.

'We passen gemakkelijk samen op Bajaars rug.'

'Dat is te zwaar.'

'We worden toch niet opeens te zwaar in een paar weken?'

'Jawel. Hij komt de lucht niet meer in met ons tweeën.'

'De lucht in,' snoof Lien. 'De lucht in! Ik ben geen kind!'

Ik vlocht mijn vingers op mijn rug in elkaar en ik bleef met grote stampende passen naast haar lopen. Ze wilde het bos in, zei ze, of naar de hei. Dat kon toch nog best, het werd nog lang niet donker, en wist ik nog wel van die ene keer dat we met Bajaar na donker thuisgekomen waren?

Dat wist ik nog. Toen kreeg ik namelijk van Momo het enige pak slaag van mijn leven.

'Je mag tot aan het kapelletje,' zei ik ten slotte. 'Stapvoets. En dan kom je terug. En dan mag ik Bajaar voor mezelf.'

'Nee!'

'Ja!' Ik holde vooruit en ging met gespreide armen voor Bajaar staan. Soms kan ik net zo kijken als Momo. Dat zie ik zelf niet, maar dat weet ik door de manier waarop Lien dan na een tijdje wegkijkt. Ik staarde Lien op die manier aan, maar ze keek niet weg. Helemaal niet. Vanaf het paard glimlachte ze naar me alsof ze de koningin was op een volbloed! Ze klopte achter zich op Bajaars rug. 'Kom er nou op, slome,' zei ze, 'en teut niet zo.'

Wel vier beloften moest ik aan Lien doen om Bajaar voor mezelf te krijgen: dat ze tot aan het kruispunt kon gaan (zover mogen we niet), dat ze mocht galopperen (wat Momo veel te gevaarlijk vindt), dat ze de helft kreeg van mijn opgespaarde zakgeld (ze weet precies hoeveel dat is) en dat ze de zusjes mocht tegenhouden zodat die mij niet achterna kwamen (ze vindt het fijn om ze te commanderen).

Lien bukte zich naar links en toen naar rechts. 'Hou vast,' zei ze, en ze gaf me haar schoenen. Op een ongezadeld paard rijden, in een te lange jurk, in een open jas en met kousenvoeten. Geen wonder dat ze ons hier zigeuners vinden.

'Niet zo scheef zitten!' schreeuwde ik Lien achterna.

Zonder nog naar haar te kijken slenterde ik het pad af tot aan het kapelletje. Er brandden kaarsen daarbinnen. Wie ze aansteekt weet ik niet, ik heb er nog nooit iemand gezien, maar er branden altijd kaarsen in het kapelletje. Toch is het er donker. Het is griezelig er zomaar naar binnen te gaan, maar het moest, want ik had iets te zeggen tegen het beeld daar. Het is een heilige Maria met een lief roze gezicht en ze kijkt net als mijn juffrouw, mijn juffrouw van toen bedoel ik dus, juffrouw Gerlach. Alleen is het Jezuskindje nogal raar, een heel oud jongetje.

Ik keek om me heen of er niemand kwam, zette Liens schoenen op de drempel en stapte naar binnen. Ik pakte zo'n kaars, blies hem uit en stak hem opnieuw aan met een andere kaars. Neerknielen op het knielbankje deed ik niet, en ik hoopte maar dat dat ook goed was. Knielen mag niet, vind ik, als je nergens meer in gelooft. Ik geloof nergens meer in. Misschien een klein beetje nog. Misschien zoals Momo. En dan bijvoorbeeld alleen in Maria. Ik vroeg Maria of ze wou zorgen dat Lien niet van het paard viel, omdat het dan mijn schuld zou zijn, want ik had haar immers gezegd dat ze mocht galopperen, zodat ik Bajaar daarna voor mezelf kon hebben. En of ze het erg vond, Maria, dat ik haar zo moeilijk kon uitleggen waarom ik Bajaar per se voor mezelf moest hebben. Maria moest het zó maar begrijpen. Ik praatte een hele tijd hardop tegen haar en mijn stem klonk zo vreemd daarbinnen, alsof ik iemand anders was.

Toen ik weer buiten kwam was Lien alweer op de terugweg. Met haar neus in de lucht vloog ze langs het kapelletje, recht als een lat en met dikke, gevlochten strengen van Bajaars manen losjes in haar handen. Ik wist wat ze dacht, en dat ze het zou zeggen zodra ze me voorbij was.

'Koningin Wilhelmina op sokken!' riep ik.

'Juliana,' verbeterde ze mij zonder om te kijken. 'Als onze papa bij ons terugkomt...' begon ze toen.

Ik had mijn oren dichtgestopt, maar ik hoorde het door mijn vingers heen. En ook als ze het niet geroepen had, dan had ik het toch gehoord.

9

Ik ben te groot, voor alles te groot. Voor de jassen en de jurken en de kousen en de schoenen, want die zijn nog van toen. Voor de zusjes, want dat zijn kinderen en ze weten van niks. Voor de boeken, want die ken ik uit mijn hoofd. Alleen voor Momo niet. Voor Momo ben ik denk ik precies goed. En trouwens, ze heeft alleen mij maar, voorlopig dan. Om mee te praten bedoel ik. Niet dat we praten. Het is eerder zwijgen, maar dan weten we waarover.

Voor Bajaar ben ik ook te groot – op een dag zullen mijn voeten met die enorme schoenen de grond nog raken als ik op zijn rug zit. Ik had ze wel willen uitdoen, die schoenen, net als Lien, maar dat duurt zo lang met de veters, en waar had ik ze moeten laten? Kistjes, zeggen de zusjes soms. Ik vind dat geen goed woord. Laarsjes, zegt Momo, rijglaarsjes. Maar ze zijn van een grote jongen geweest, en een grote jongen zou denk ik geen 'laarsjes' zeggen.

We waren het wilgenbosje al voorbij, Bajaar en ik, en nog hoorde ik Lien tegen de zusjes schreeuwen. Bajaar bewoog zenuwachtig zijn oren.

'Niks van aantrekken, dat gekrijs,' zei ik. 'Zij is het maar.'

Bajaar knikte. Dat doet hij alleen als ík tegen hem praat. Ik hoef hem ook nooit aan te sporen en ik hoef nooit te zeggen welke kant hij op moet. Ik hoef nooit te zeggen dat hij naar me moet luisteren, want hij hoort alles wat ik zeg en wat ik denk.

Hij droeg me voorbij het kapelletje en ging toen van het pad af, het karrenspoor op. Wij mogen daar niet. In de verte, achter mij, klapte Momo in haar handen om ons binnen te roepen. Ze kon mij niet meer zien, en ik haar niet als ik omkeek, maar ik wist waar ze stond, vóór, bij het groene hekje, en ik wist hoe ze keek. Dadelijk zou ze haar handen aan haar mond zetten. Mijn naam roept ze nooit, ze roept 'oehoe!' en het klinkt als de roep van een reusachtige vogel.

'Niks van aantrekken,' zei ik weer tegen Bajaar toen de vogelkreet klonk, maar hij zette het toch op een draf, zodat ik op zijn rug heen en weer geslingerd werd. Het is echt niet zo dat ik minder goed kan paardrijden dan Lien, maar ik ben gewoon te groot voor zo'n klein paard en daardoor lijkt het soms of ik van hem af zal vallen.

Bajaar bracht me over het karrenspoor naar de stroom, zoals altijd, en ik zong hard van Ozewiezewoze om Momo niet te hoeven horen. Ik zong en Bajaar rommelde en we reden het Zand in, dat is het laatste stuk van het karrenspoor, waar het niet meer naar kuilvoer ruikt, waar alleen nog maar hoge, dichte braambossen groeien en waar je al vlak bij de stroom bent, die je wel kunt horen maar nog niet zien.

Bajaar loopt er heel zacht, in het Zand, bijna zonder geluid, omdat hij precies weet waarom ik daarheen wil, wat daar is. Als er een zusje bij je is, een dom kleintje zonder herinnering, dan werkt het niet. Als je zelf loopt werkt het ook niet. Je moet gedragen worden daar, door een mens of door een dier. Door Bajaar dus, in mijn geval, want ik denk niet dat een mens mij nog kan optillen. Je moet gedragen worden, dan alleen werkt het.

Het Zand begint waar de grond geel wordt en het gaat tot aan het gras langs de stroom, waar je de bocht kunt zien met de waterplanten en de draaikolken in het bruine water. Daar sta je een poos stil, hoe lang weet ik niet precies, en dan ga je weer terug. En dan weer heen, en dan weer terug. En zelfs nóg een keer als er tijd is, maar die is er eigenlijk nooit.

In het Zand bestaan de dingen niet, de dingen die geweest zijn en de dingen die nog komen, of niet komen, dat weet je niet. Je hoeft er niets uit je hoofd weg te jagen omdat je er niets denkt. Je hebt er alleen maar de lucht. En je hebt er de wolken en het stromende water en de braambossen met onzichtbare vogels en de wind, en alles is er zonder gewicht. Je zingt er, maar het is of er een andere stem zingt voor jou, en het geeft niet van wie die stem eigenlijk is.

Momo stond met de lantaarn bij het hek. 'Dit is de laatste keer...' begon ze. Ze was schor van het roepen. Ik wist dat ze ging zeggen dat ze dat ellendige beest de deur uit zou doen, en dat zei ze ook, terwijl ze hem ruw bij zijn manen greep. 'Dat ellendige beest', zo noemde ze hem ook toen we hem vonden – toen hij óns vond moet ik zeggen, want hij kwam op een avond, heel laat, tegen de achterdeur schoppen. Ik weet nog hoe we schrokken. Het was in onze eerste winter hier, nu bijna vier jaar geleden; Martje en Pieke waren nog baby's en lagen samen in een aardappelkistje. We hadden bijna niks. Toch gaf Momo 'dat ellendige beest' zomaar een appel en een stuk brood en zelfs een stukje van het kostbare krentenbrood uit blik, dat we van de Engelse soldaten hadden gekregen. En ze gaf hem een stal en een naam.

Momo hielp me afstijgen, of eigenlijk trok ze me van het paard af, zodat ik door mijn enkels zwikte toen ik landde. Dat had niet gehoeven, ik deed het half expres, en ook zoog ik op mijn lippen, maar dat zag ze niet... 'En meteen naar de keuken komen!' riep ze me na toen ik Bajaar naar de stal bracht.

Na het eten stuurde Momo de zusjes vroeg naar boven, omdat ik had geklaagd dat mijn voeten zo'n pijn deden. Het was
niet zo, maar het had toch best gekund, want ik heb de groei,
dat zegt ze zelf. Ze maakte een teiltje warm water. Ze pakte
de zeep en de handdoek en de pot zalf, zette mij in haar groene leunstoel bij de radio en ging op het voetenbankje zitten
om mijn ellenlange jongensveters los te maken. Ik kon haar
gezicht niet zo goed zien, maar ik wist dat ze niet meer boos
was. Ze kan dat nooit volhouden met mij. Als ze mijn voeten
doet praat ze niet. Ik soms, maar nu niet. Ik keek naar mijn
lange witte voeten tussen haar handen, en we dachten niets,
Momo en ik.

10

Momo kookt elke ochtend havermout voor ons, en elke ochtend lusten we het niet en eten we het toch op omdat ze er een klein klontje boter bij doet van de kluit die ze bij de boer haalt. Zelf neemt ze een beschuit. Ze maakt de havermout vanwege de tweeling, omdat die als baby's schimmetjes zijn geweest. Dat weet ik nog. Het waren blauwige scharminkels en ik had een erge hekel aan ze, maar nu niet meer. Momo beweert altijd dat je dwars door ze heen kon kijken toen. Bekeek ze ze bloot? Wat zag ze dan? Van die bleke karkasjes? Glibberige hartjes die nog net klopten, en die straks zomaar zouden stilstaan als ze niet goed oplette? Of wij ook schimmetjes zijn geweest weet ik niet. Maar wij krijgen 's morgens niet iets anders te eten.

Momo stond vanmorgen in de pan te roeren en ik rook die paplucht en ik zei opeens: 'De tweeling is nu dik genoeg, we kunnen toch wel gewoon ontbijten? Net als andere mensen? Met toast en marmelade?' Want dat heb ik gelezen. *Toast en marmelade.* Wat het precies is weet ik niet, maar het moet verrukkelijk ruiken en heerlijk smaken.

'Wát!' zei Momo, en ze roerde de havermout haast de pan uit. Ik wist niet of ze zo boos werd om dat 'net als andere mensen' – daar hoef je bij haar niet mee aan te komen, andere mensen zijn andere mensen, en wij zijn wij. Basta. Of was het om de toast? Met een klap zette ze de pan op tafel en begon onze borden vol te scheppen. Lien gaapte, wat niet mag. Ze rekte zich uit aan tafel, wat al helemaal niet mag. Ze glimlachte zo lief dat ik meteen wist dat er iets verschrikkelijks kwam, want zo is dat met haar.

'Ik weet...' zong Lien.

Ik deed mijn mond open, maar er kwam geen woord uit. Ik kan alles wegjagen, alles, maar niet de dingen die Lien gaat zeggen.

'Ik weet waarom de tweeling havermoutpap moet! Omdat onze mama naar de hemel ging toen ze pas geboren waren en toen hadden ze niemand om bij te drinken, en toen ze bijna dood waren kwam Momo om ze flesjes te geven en onze papa weet helemaal niet dat de tweeling er is en als onze papa bij ons terugkomt dan zegt hij: wie zijn dát nou?'

'Dan zeggen we tegen jullie papa dat wij het zijn,' piepte de tweeling.

Momo stond stokstijf bij de tafel en bewoog alleen haar lippen. Servaas, las ik. Zo heet onze papa. Servaas. Ik was nog altijd stil. Ik kon niet eens de tweeling verbeteren; ze mogen niet 'jullie papa' zeggen, want het is net zo goed hún papa. Momo staarde mij aan en ik staarde terug zo hard ik kon en het lukte zo goed: haar ogen werden wel heel groot, maar ze hoefde niet te slikken of te beven, ze deelde gewoon de klontjes boter uit en ze ging zitten, en ik vroeg vlug: 'Wat is marmelade, Momo?' maar onder tafel gaf ik Lien eindelijk een schop.

'Jam van sinaasappels,' zei Momo. 'Als we weer sinaasappels kunnen krijgen zal ik het eens maken.'

We aten en we ruimden af en we deden de vaat en we veegden de vloer en we boenden de tafel schoon voor onze lesboeken. Momo deelde de taken uit. Ik kreeg de atlas om Zuid-Amerika te doen. Als ik Zuid-Amerika gedaan heb moet ik Australië nog en dan heb ik de hele wereld gedaan.

Altijd als ik een land of een werelddeel doe voor aardrijkskunde wil ik daarheen. Dan denk ik de hele tijd: waarom zijn we híér, en niet daar? Daar is het vast warmer, en groter, zo groot dat je een huis kunt hebben met wel zeven slaapkamers, zo groot dat je wel twintig kersenbomen kunt hebben in plaats van twee, en meer koeien dan boer Kuik heeft, schapen en geiten en wel drie paarden, en je kan er chocola kopen en bij een vuur zitten en er dingen boven bakken aan een stokje, en er zijn groene heuvels om van af te rollen, zodat je alle dingen waaraan je niet wil denken bent vergeten als je beneden aankomt.

Momo was de tweeling letters aan het leren. Ze willen alles doen wat wij doen, maar ze zijn nog veel te klein natuurlijk, nog geen vier. Ze zijn zelfs kleiner dan ze denken, want Momo heeft ze een andere verjaardag gegeven. De dag waarop ze zijn geboren is niet goed. Ik weet welke dag dat is.

Ik keek van Brazilië op naar Momo. Waarom zijn wij nog hier, wilde ik haar vragen, maar ik boog mijn hoofd weer, volgde met mijn wijsvinger de Amazone en vroeg niets.

Ik weet het antwoord zo ook wel.

11

Dat wij onze moeder nooit mogen vergeten, zegt Momo. Dat we altijd veel van haar moeten houden, dat we veel aan haar moeten denken, zegt ze. Dat we haar gezicht voor ons moeten zien. Waarom, wil ik dan vragen, maar dat doe ik niet omdat ze misschien denkt dat het een kindervraag is, en dat is het niet. En hoe het eigenlijk komt, wil ik ook vragen, dat ik onze moeder alleen maar kan zien als een berg dekens, zonder gezicht erboven, wel een hand en haar haar, maar niet haar gezicht. En dat ik ziekenlucht ruik en babylucht en geen moedergeur. Ze droeg jurken met grote kragen en heel veel kleine knoopjes – die jurken zijn er nog – en ze moet lekker geroken hebben naar iets uit een flesje, want dat is er ook nog, maar het zijn jurken van een onbekende vrouw en het flesje kan niet meer open. Je ziet haar gezicht niet en je ruikt haar niet en je hoort ook haar stem niet. Ik wil vragen waarom ik niet aan haar kan denken zonder alleen maar die dingen te denken die ik meteen uit mijn hoofd moet jagen.

Ik vraag niets. Momo hield niet van haar – dat zegt ze nooit natuurlijk, maar ik weet dat vanzelf, ik weet heel veel vanzelf. Toch gaat ze vaak naar het kerkhof. Of misschien gaat ze juist daarom vaak naar het kerkhof. Ze neemt mij altijd mee. Ik vind het niet erg, het is fijn om met Momo naar het dorp te lopen. Soms gaan de zusjes mee, alleen vandaag niet, niet op deze speciale dag, de echte verjaardag van de tweeling, maar dat weten ze niet. Lien weet het, maar ze moet dat vergeten. Als ze niet mee zijn naar het kerkhof, de zusjes, hoef ik niet steeds te fluisteren dat ze niet mogen rennen en niet mogen roepen. Dan kan ik daar stil rondlopen en de namen en de jaren van de doden oplezen. Alleen bij de oude graven doe ik dat. Langs de heel nieuwe wil ik niet, dan loop ik een blokje om, ook al gaat Momo gewoon rechtdoor.

We hadden bloemen mee. Nelleke van boer Kuik, die op de zusjes kwam passen, had zeven dahlia's bij zich, want ze wist wat we gingen doen. De mensen hier weten altijd alles. 'De laatste,' zei Nelleke, en ik wist dat ze ze zonder vragen uit het voortuintje van de boerderij had gehaald.

'Wat moet ik met die verfomfaaide dingen,' mopperde Momo onderweg. Ze hield ze in haar hand alsof ze ermee naar de mestvaalt ging.

'Geef ze mij maar.' Ik stak mijn hand uit naar de bloemen. Het had er hard op geregend en hun stelen waren haastig afgebroken, maar ik vond hun roestrode kleur mooi en ik hield ze in mijn armen als een deftig boeket. 'Het is toch aardig van Nelleke?'

Momo bromde iets en drukte haar hoed steviger op haar hoofd. Ik begon over Nelleke na te denken. Hoe zou het zijn om een vriendin te hebben? Nelleke is wel veel groter, al vijftien denk ik, maar dat geeft misschien niet. En die enge Frans is niet haar broer, want ze is geen echte dochter. Ze is aangenomen, zegt Momo, en dan snuift ze, alsof ze wil zeggen: het zal je gebeuren, bij die van Kuik terecht te komen! Maar daar zouden wij het niet over hebben als we vriendinnen waren, Nelleke en ik. Ik mocht bijvoorbeeld haar dikke blonde vlechten – Nelleke hoeft niet met een jongenskop te lopen, zoals ik – losmaken en uitborstelen, heel langzaam, en dan zouden we over van alles praten, maar waar je vandaan kwam, en je vader en moeder, of je die nog had en waar ze waren, zulk soort dingen, daar hadden we het dan niet over.

Momo keek hoe ik liep, en toen keek ik hoe zíj liep, want vanwege de modder had ze haar overschoenen aan, en die zijn haar te groot.

'U maakt wel rare geluiden,' zei ik.

Momo zette haar voeten nog wat zwaarder neer.

'Niks plechtig,' zei ik, en toen moest ze lachen en ze stak haar arm door de mijne.

Het is ver naar het dorp, zeker als je geen stuk afsnijdt langs de stroom, maar dat geeft niet. Met Momo zou ik helemaal naar de stad kunnen lopen. Nog wel verder dan de stad. We lopen in de pas, Momo en ik, we kijken nergens naar en we zien alles. We zien het berkenbosje met de kronkelende witte stammen en hun grote pruik van zwarte spooktakken vol heksenbezem. We zien de spoorlijn in de verte en het lage strodak van het schaapherdershuisje – bij dat huisje kun je de spoorlijn over naar de vennen en naar de hei, en je moet de hekken heel goed achter je dichtdoen vanwege de schapen. En we zien de Petruskerk want die zie je altijd. En we zien de zwarte akkers en de lege weiden met de scheve zwarte paaltjes en het prikkeldraad, en door de halfopen deuren van de stallen aan het eind van ons pad zien we rijen roodbonte koeien staan, die allemaal hun kop onze kant op draaien. We zien de winterkoninkjes en de meesjes die door de struiken naast het pad met ons mee schichten.

Op de weg met de hoge soldatenbomen fietste ons een man tegemoet. Hij tikte aan zijn pet en Momo zei goeiedag. Een vrouw op de fiets passeerde. Ze keek om en groette niet, maar Momo zei goeiedag. Ik herkende haar, het was dat mens van bij Vroliks.

'Je moet goeiedag zeggen,' zei Momo. 'Je bent toch geen klein kind?'

'Die vrouw,' zei ik, 'dat is een verschrikkelijk mens. Ze stond bij Vroliks. Ze keek naar me of ik een vies beest was.

Ze vindt ons zigeuners, en ze vroeg...'

'Ach, zulke mensen,' onderbrak Momo mij, 'zulke mensen weten niet beter. Daar moet je boven staan.'

Ik heb daarover nagedacht. Ik wil dat wel graag, erboven staan, ergens boven staan, boven alles wel, in elk geval boven die vrouw. Dan hoor je haar niet. En dan zeg je niet bijna hardop dat ze zo'n lelijk wijf is met vissenogen, dat zie je dan gewoon niet, omdat je te hoog staat. Dan roep je niet iets over stinkboeken, en je slaat niet met de winkeldeur. Daar zou je je dan voor schamen. Maar ik schaam me niet. Ik wou dat ik de ruit van de deur had gebroken.

We liepen langs de villa van Maurier en ik keek, want ik kijk altijd. Als ik met Lien ben blijven we even staan, maar dan komt er een enge bleke hond. Nu keek ik voorzichtig achter Momo's rug langs naar de grote tuin en naar de hoge, blinkende ramen. Binnen zag ik iemand bewegen, iemand in een witte schort. 'Niet gluren!' zei Momo. 'Dat hoort niet.' Maar ik moet wel gluren, want er wonen daar meisjes met geruite jurken aan en met strikken van dezelfde stof in hun haar, roodbruin krulhaar. Rijke meisjes.

Na de villa is het nog honderdzevenentachtig passen naar de overweg. Aan de andere kant van de overweg begint het dorp. Rechts heb je de kleine huisjes. Het zijn er nog maar vijf, want de eerste drie zijn nu afgebroken omdat ze waren ingestort door de ontploffing van de munitietrein, een paar jaar geleden. Eerst zag je de resten nog rechtop staan als je de overweg over kwam. Je zag precies waar de trap had gezeten, en bij eentje keek je zomaar een halve slaapkamer binnen, met vaalgeel half verbrand bloemenbehang. Het ijzeren bed lag beneden te roesten in het puin en aan de slaapkamermuur boven hing een kruisbeeld, dat weet ik nog.

Tegenover de huisjes is het winkeltje van Vroliks, en daarnaast is de slagerij waar Momo niet wil komen. Ik weet niet waarom niet; misschien heeft de slager iets gedaan, of iets gezegd. Niet dat het uitmaakt, we hebben toch nooit geld om vlees te kopen. De slager heeft een diepe kuil in zijn voorhoofd. Van een kogel, volgens Nelleke, maar ik geloof dat niet, dan zou hij dood zijn. Voorbij de slagerij, aan het eind van de weg, begint het grote groene plein met de lindelaan in het midden.

Altijd wil ik over het keitjespad onder de lindebomen. Momo vindt het ongemakkelijk lopen, maar ik wil het toch. Vooral zonder de zusjes wil ik het. De zusjes maken altijd een lange slinger met elkaar om zo hand in hand het hele pad af te zigzaggen, maar ik loop liever precies in het midden zodat ik alle stammen goed zie, en alle takken boven mijn hoofd. 's Zomers is het een groene zuilengalerij waar het altijd koel is. Als het weer zomer is ga ik er alleen naartoe, zonder Momo en zonder zusjes en zonder te doen of ik om een boodschap ben gestuurd.

We wandelden over de keitjes, Momo en ik, Momo een beetje gebogen en voorzichtig op haar gladde overschoenen, en ik gewoon, omdat ik precies weet hoe ik mijn voeten moet neerzetten. Mijn arm had ik teruggetrokken uit de hare, en ik liep vooruit, bijna in mijn eentje, met de bloemen.

Bij de laatste bomen zou Momo over onze moeder beginnen, want dat doet ze altijd wanneer we op weg zijn naar het kerkhof en we nog een minuut of tien te gaan hebben. Ze zegt dan al die dingen over 'niet vergeten' en zo, alsof iemand haar verteld heeft dat dat moet, en ik luister niet. Ik kan niet luisteren, want zodra we aan het eind van de lindelaan zijn moet ik aan Jakub Wiśniowiecki gaan denken.

Ik dacht aan Jakub Wiśniowiecki en Momo praatte zachtjes en eentonig, en ze zweeg pas toen de ijzeren poort van het kerkhof achter ons was dichtgevallen.

12

Er zijn altijd mensen daar. Nooit heel veel, de tuinman meestal, en dan vier of vijf vrouwen, oude vrouwen. Misschien zijn het steeds dezelfde oude vrouwen. Ze zijn klein, helemaal in het zwart, met een hoofddoek om of met een hoedje op waar een dun wit haarknotje onderuit komt, en ze hebben O-benen. Dat zie je niet, maar je merkt het aan hun manier van lopen. Ze komen met bloemen aan. Daarmee gaan ze eerst helemaal naar de waterton, bij het afdak. Onder het afdak zijn schappen waar oude vazen staan met scherfjes eraf, en glazen potten en conservenblikken met soms nog een stukje van het etiket erop. En dan maken ze ruzie met elkaar over wie de groene vaas 't eerst had, en wie haar dode er nu wordt afgescheept met een roestig bonenblik. Dan komen ze weer terugschommelen met de bloemen en een grote pot water die ze haast niet kunnen vasthouden, en gaan ze het graf waar ze zijn moeten netjes maken: de oude bloemen weggooien, dorre bladeren weghalen, de letters op de steen schoonpoetsen en soms mos wegschrapen met een mesje. Dat schrapen voel je in je rug, zelfs als je een heel eind verderop staat. Pas als alles klaar is knielen ze neer en vouwen ze hun handen. Soms blijven ze lang zo zitten, en als ze overeind komen kijk ik vlug weg omdat ik bang ben dat ze omvallen. Als je zou proberen ze overeind te helpen, stel ik me altijd voor, zouden ze je bijten met hun tandeloze mummelmond; dan moet ik lachen en griezelen tegelijk, achter mijn hand.

Vandaag waren ze er ook, maar ik lette niet zo op ze omdat de kerkklokken begonnen te luiden, heel zwaar en donker boven ons hoofd. Momo trok een gezicht en rilde, maar ik vond het fijn, want het lijkt dan of je wordt opgetild door iets waarvan je niet weet wat het is. Ik deed er mijn ogen bij dicht.

'Kijk uit waar je loopt!' zei Momo.

Ze maakte haar hals nog langer en haar rug nog rechter, en ze liep met grote stappen de paden af naar het graf waar wij moesten zijn, in haar donkerrode jas en met de donkerrode hoed op haar dikke haarwrong. Ze liep op de maat van de beierende klokken, of ze wilde of niet. Heel langzaam ging ik achter haar aan. Ik zag haar stilstaan bij het graf. Het leek of ze stond te kijken, maar ze zag niets, dat wist ik. Ze bukte zich ook niet om iets aan het graf te doen. Er ligt geen steen op, er is alleen maar een soort perkje van grind, met aan het hoofdeinde, als je dat zo noemt, een klein kruis.

Ik kwam naast haar staan en keek naar het vuile grind met het onkruid ertussen, en naar het grijsstenen kruis. Altijd staan we een poosje zo; we weten nooit wat we moeten denken en hoe we moeten doen. Misschien is het staan alleen al genoeg. Misschien is het beter te doen als de oude vrouwtjes. We weten het niet. Ik keek naar Momo op en raakte even haar mouw aan, maar zij draaide zich om, stak het pad over en ging op de bank zitten.

Ik zwaaide met de bloemen. 'Ik ga water halen.' Ik moest moeite doen om niet te hollen, gauw, gauw weg van Momo. Maar hollen mag je daar niet, en zeker niet als de klokken luiden, als er overal oude vrouwtjes tevoorschijn komen om je met hun priemogen aan te staren. Bij de waterton keek ik even over mijn schouder naar Momo, die doodstil en kaarsrecht op haar plaats zat. Vlug liep ik langs het afdak met de

vazen en de blikken, langs het kale wilgenbosje, langs de engel die mij met zijn grote stenen hand de weg wees: tweede
pad links, laatste graf rechts, onder de dennen.

'Hier ben ik weer,' zei ik.

Hij heeft geen steen, geen kruis, geen grind, alleen maar
zand. Er groeit niet eens iets, het is te donker. Er staat een
houten bordje met slordig geschilderde letters, en elke keer
dat ik er kom zijn ze minder wit. *Jakub Wiśniowiecki †19 mei
1944* – alsof hij nooit geboren is, alleen maar doodgegaan.

De tuinman kwam eraan, met zijn piepende kruiwagen
vol takken en dorre bladeren, en ik begon maar een beetje heen en weer te lopen en naar andere graven te kijken,
met de bloemen bungelend in mijn hand. Er vielen al bloem-
blaadjes af. Waarom schoot hij niet op, die man? En waarom moest hij werken terwijl er straks een begrafenis was?
Hoorde hij de klokken dan niet? Eindelijk sjokte hij achter
mij langs over het smalle pad. Een tak schampte mijn been.

'Pasterop, meske.'

Ik draaide me naar hem om en ik zei netjes goeiedag. Hij
keek eerst naar mijn gezicht, toen naar de bloemen, en zette
zijn kruiwagen neer. Hij wilde me zeker gaan uitleggen dat
ik verkeerd was hier. Vlug zei ik: 'Meneer? Meneer, wie was
dat?' en ik wees naar het zanderige graf onder de dennen.

Ik zag zijn glimlach verdwijnen. Hij bromde iets, haalde
zijn schouders op en pakte de kruiwagen weer beet.

'Hebt u hem dan niet gekend?' drong ik aan. 'U kent toch
iedereen hier? Dat hebt u zelf gezegd laatst.'

'Het was die Pool,' zei hij ten slotte onwillig, zonder naar
me te kijken, en hij liep door. Opeens draaide hij zich om en
riep: 'Jullie zijn niet van hier, jullie hebben daar niks mee te
maken!'

Ik moest hard in de bloemstelen knijpen. 'Jullie zijn niet
van hier,' zei hij. Had hij dat soms ook tegen die Pool ge-

zegd? Had het hele dorp dat soms tegen die Pool gezegd? Of had het hele dorp niks tegen die Pool gezegd, gedaan of hij niet bestond, omdat hij die vreemde naam had en van ver kwam? Hadden ze met stenen naar hem gegooid, hadden ze hem doodgeslagen soms, omdat hij die vreemde naam had en van ver kwam?

'Wat hebben ze met hem gedaan?' riep ik de tuinman achterna, maar hij deed net of hij niets hoorde.

Ik ging terug naar het graf van Jakub Wiśniowiecki. 'Hier ben ik,' zei ik nog eens, en ik legde twee dahlia's op het zand. 'Het spijt me dat ze zo verpieterd zijn. Het waren de laatste.' Ik deed mijn ogen dicht om me hem voor te stellen. Dat gaat altijd heel gemakkelijk. De laatste tijd is hij jong, nogal groot, met bruin haar en lichtblauwe ogen. En hij praat zijn eigen taal tegen mij. Dat klinkt erg mooi en ik kan het goed verstaan.

Ik haalde maar geen blikje water; de tuinman zou mijn bloemen wegsmijten zodra ik vertrokken was, dat wist ik zeker. En ik zal voortaan de tuinman niet meer gedag zeggen, zoals Momo de slager niet gedag zegt, zonder dat ze ons uitlegt waarom.

'Waar bleef je nu zo lang?' vroeg Momo toen ik eindelijk terugkwam met een te kleine glazen pot met water.

'Rondgekeken,' zei ik. Ik begon ruw de stelen van de dahlia's af te breken. Momo keek me aan, en toen deed ik het heel voorzichtig en probeerde ik een mooi bosje te maken van de vijf die nog over waren. Ik hurkte bij het grindperkje neer en duwde er met mijn handpalm een plat kuiltje in voor de glazen pot.

Momo kwam achter me staan. 'Goed zo, kind,' zei ze, alsof ik Nienke was, of Annie!

Met mijn rug naar haar toe bleef ik gehurkt zitten en peuterde wat onkruid tussen de steentjes vandaan. Als je naar het stenen kruis kijkt met je ogen halfdicht hoef je alleen maar de onderste regel te zien. 'Rust in Vrede,' las ik hardop. 'Maar toen was het toch nog geen vrede, Momo?' vroeg ik onnozel, om iets te zeggen.

Intussen sperde ik mijn ogen wijd open en las ik de rest. *Catherina Maria Quaeghebuer-Seebrecht 21 mei 1913 – 8 november 1944.* Ik las het wel tien keer, heel snel fluisterend; een vreemd meisje dat een vreemd grafschrift opzei of het een versje was.

'Het is nog steeds geen vrede,' hoorde ik Momo's stem boven mijn hoofd, maar ze praatte geloof ik niet tegen mij. Daarna begon ik weer zo hard als ik kon aan Jakub Wiśniowiecki te denken.

'Kom,' zei Momo, 'we moeten gaan.' Ze trok me overeind.

'Hé, de kerkklokken luiden niet meer,' zei ik.

'Al heel lang niet meer, hoor!' Momo stak haar hand uit en streek met twee vingers langs mijn mond. Niet zo op je lippen zuigen, betekende dat.

Ik deed mijn mond half open en keek omhoog, want dat helpt. Ik tuurde zo strak naar de kale bomen waar we onderdoor liepen dat de kraaien opvlogen van de takken en schreeuwend om ons heen begonnen te fladderen.

'Weet u nog, Momo, al die kraaien op het strand? Die het brood uit onze handen pikten? We zaten in de bolderkar, ik en Lien; ik had Nientje op schoot en ik hield mijn handen voor haar ogen, vanwege de kraaien, zodat ik mijn boterham moest loslaten, en u was het paard en u trok de kar heel hard door een poel...'

Momo duwde de zware kerkhofpoort open en deed hem achter ons weer zachtjes dicht. Toen zei ze: 'Dat was ik niet.'

Nee. Dat was zij niet. Het paard voor de bolderkar wilde zich niet omdraaien, maar ik zag zijn lichtbruine jasje flapperen, ik zag zijn lange lichtbruine flodderende broekspijpen, nat gespat en slordig opgerold tot halverwege heel witte kuiten die door het water plonsden.

'Momo? Mag je eigenlijk alweer op het strand komen?'

'Maar natuurlijk, kind. Het is immers al zo lang afgelopen!'

De oorlog bedoelde ze. Maar dat woord zegt ze nooit. De oorlog is allang afgelopen. Maar vrede is iets anders. Ik keek even op naar Momo's gezicht, en ik vroeg niets meer. Ze wil niet praten over die tijd. Over geen enkele tijd wil ze meer praten.

13

Er is weer een pakket. Ik denk natuurlijk helemaal nooit aan die pakketten, wat interesseren mij die nog, maar de zusjes waren de hele morgen stomvervelend en zaten door mijn algebra heen te tateren. Momo zei daar niet eens wat van, net of zijzelf ook ik-weet-niet-wat verwachtte. Ze moest het pak gaan ophalen op het station.

'Weet u wat, we lenen het wagentje van bij Nelleke!'

'Ja! En dan spannen we Bajaar in.'

'Dan hoeft u niet te sjouwen!'

'Vorige keer moest u naast de fiets lopen, weet u niet meer?'

'En die hing helemaal scheef, van de zwaarte, weet u niet meer?'

'Wie zei dat het een groot pakket was?' protesteerde Momo.

'Het is altijd groot! En mogen wij dan mennen? Ja hè Momo?'

'En er zitten vast allemaal jurken in voor ons, van glimspul, met van die bolle mouwen...'

'Nee, nee, geen glimspul! Ribbeltjes. Rood. En een hele wijde rok om mee rond te tollen en geen knoopjes op je rug en niet van dat gefrutsel aan de voorkant, hoe heet dat, smok.'

Ik schoof mijn algebraschrift onder Momo's neus, maar ze merkte het niet.

'Dat zou me wat zijn,' zei ze, 'met paard-en-wagen naar het station, en dan terugkomen met... met...'

'Met alles! Alles wat we wilden, hè Momo?'

'Momo?' zei ik. 'Momo? Hoe zat het nu met die haakjes?'

Ik wist best hoe het zat met die haakjes. En Momo zag niets van mijn som. Wat ze wel zag weet ik niet goed, zichzelf denk ik.

Ik keek naar Lien tegenover me aan de tafel. Ze zat met blinkende ogen en gloeiende wangen op haar potlood te bijten. Wat dacht ze? Dat ze straks opgedoft als een prinses door het huis zou drentelen in een zwierjurk en met kanten handschoentjes aan?

Momo kwam zo plotseling overeind dat mijn potlood uitschoot en mijn x een y werd. Ze had weer haar gewone gezicht. Ze keek eerst naar mij, en toen naar Lien, die haar sommen af had. Ik boog me heel diep over mijn schrift.

Toen ik weer opkeek stond Lien bij de deur naar de bijkeuken, in de beige krulletjesjas die mij lekker niet meer past, op haar gestopte wintersokken, met haar gestopte wanten aan, haar armen rond de grote blauwe melkkan.

'En denk erom, goed vol! En vraag boer Kuik of hij morgen hooi brengt.'

Om het wagentje hoefde ze niet te vragen. Lenen, daar deden wij niet aan.

De kinderen niet bij het fornuis laten komen. De tweeling rustig laten slapen op de keukenbank. De broodbordjes afwassen. De ganzen en de kippen voeren. Eieren rapen. Bajaar uit het weitje halen en op stal zetten. Aardappels schillen. Op de vliering appeltjes gaan uitzoeken. Een mand brandhout halen. Rodekool uit de moestuin halen. Wortelen voor Bajaar uit de wortelkuil graven.

Ik zat nog aan de keukentafel van ja te knikken toen Momo al lang en breed vertrokken was. De tweeling werd wakker en begon te blèren, Nienke brak een bord, Annie brandde zich aan het fornuis en Lien zette telkens de deur naar de gang open omdat ze moest dansen, zei ze. Vanwege die jurk zeker, van rode ribbeltjesstof.

'Het tocht,' zei ik met mijn armen om de tweeling heen, 'de kleintjes vatten kou. En als je dat dansen noemt – je lijkt wel een verongelukte hooiwagen.'

'Wij krijgen een pák, pompom pompom, een pak vol met kléér, pompom pompom...'

Zelfs de tweeling begon mee te zingen; mijn troost hadden ze niet nodig.

'Ik wens,' schreeuwde ik, 'ik wens jullie naar het andere eind van de wereld!'

Het duurde een eeuw voor de zusjes allemaal hun jassen aan hadden en ik ze naar buiten kon jagen.

'Ik ga jullie laten verdwalen.'

'Dan spoort Bajaar ons op.'

'Bajaar zet ik op stal.'

'We strooien steentjes.'

'Nee, dennenappels.'

'Nee, nee, rode draadjes uit mijn want.'

'Hoeft niet, hoeft niet,' zong Lien. 'Ik weet overal de weg.'

We klepperden allemaal achter elkaar het achterpaadje af, Lien voorop natuurlijk, Anna Pavlova op klompen, zou Momo gezegd hebben. Dan Nienke en Annie, dan de tweeling, dan ik. Nienke en Annie taterden nog steeds over jurken, hoe wijd of hoe strak die moesten, en met wat voor mouwen. Ze weten daar alles van, want ze hebben van de doktersvrouw een stapel oude modetijdschriften gekregen om plaatjes uit te knippen.

Wat maakt het nou uit hoe wij erbij lopen? Niemand ziet ons, behalve Momo en Nelleke van boer Kuik. Ik keek naar de zusjes en naar mezelf. We waren precies als anders maar dat hielp niet, want ik zag ons door de ogen van vreemde mensen. Dat heb je soms, dat is iets raars, vooral als je helemaal geen vreemde mensen kent; ja, de dorpsmensen hier, of de jagers en de stropers en de vissers, en die tellen niet. En de mensen van vroeger zijn nog geen vreemde mensen, wel al bijna. Vreemde mensen, zei ik bij mezelf, zouden ons vast oppakken en wegbrengen als ze ons zo zagen, niet naar Rustoord, maar nog verder weg, naar een nog griezeliger gesticht. Misschien zelfs allemaal naar een ander gesticht. Ook de tweeling zouden ze uit elkaar halen.

Vlug trok ik de kleintjes naar me toe. 'Zal ik jullie dragen?' bood ik aan, maar ze wilden niet en holden Annie achterna.

Lien danste voorop en ze dacht niet aan gestichten. Ik wist waar ze wel aan dacht. Aan mooi zijn. Aan groot zijn. Aan alles weten en alles kunnen. En ik wist waarvoor, voor wie. En ik wist dat ze het weer ging zeggen, ik zag het aan haar hoofd. Als... Als onze... Als onze papa... Ik wou haar vóór zijn; ik wou het in mezelf zeggen, half hardop, om Lien voor te zijn, maar het ging niet.

Ik kan het namelijk niet. Lien kan het wel, omdat het voor haar maar toneel is – Lien weet immers niets, ze herinnert zich niets, dat denkt ze maar. Ze kan net zo goed zeggen: als het Kerstmis is, als ik twaalf word, als er ijs ligt.

Bajaar hinnikte in de verte. Hij hoorde ons komen en wij hoorden hem stampvoeten. De zusjes begonnen roepend en rennend het landje over te steken om een stuk af te snijden, maar ik rende niet en ik stak geen stuk af. Rustig volgde ik het paadje, zonder naar hen te kijken, tot Lien schreeuwde: 'Loop toch eens door jij, slome, op je slome kistjes!'

Martje en Pieke draaiden zich met grote ogen naar mij om en sloegen beide handjes voor hun mond. Maar ik trok me niets van Lien aan, natuurlijk niet. Ik schreed over het paadje in mijn nachtblauwe lakense japon met de grote witte geborduurde kraag. Mijn glanzende hazelnootbruine haar hing tot op mijn heupen. Mijn handen staken in het mofje van beverbont en de zoom van mijn rok ruiste langs het gras. Ik zweefde, ik had geen voeten.

14

De dikke roze brief die bij het pakket hoorde had Momo weggestopt in de zak van haar vest – ze had hem ons niet voorgelezen – en ze was druk bezig het paktouw op te rollen en de lap zeildoek op te vouwen. Ze keek niet naar ons, maar zelfs achter haar rug waagden we het niet een teleurgesteld gezicht te trekken.

Wat er uit de lap zeildoek was gekomen, lag op de keukentafel. Nienke stond stiekem in die berg te woelen, met één oog op Momo, en ik wist wel waar ze naar zocht. Zouden die mensen van de kleren er echt niet wat lekkers voor ons hebben bij gestopt? We weten niet goed wie het zijn, die mensen van de pakketten. Liefdadige dames, verre nichten van ons, volgens Momo. Ze kennen ons niet, wat je aan die kleren trouwens wel kan zien.

Momo zei nog maar eens hoe je die noemde, die blauwgrijze pakken – een trui met een lange broek erbij van zware, slappe stof, met elastieken, met zakken, met gebreide, gestreepte boorden en met dikke ritssluitingen. Ze sprak het woord uit alsof ze 'chocolade' zei, of 'warm bad': trainingspakken. Tricot trainingspakken.

Ik viste iets tevoorschijn dat niet blauwgrijs was, een bleek wollen hemd met een blauw gehaakt randje, en eraan vastgespeld een bleke wollen broek met precies zo'n randje. Harde, bleke, verwassen wol, een hobbelig randje van vaalblauw garen. Iemand, een echt levend iemand, een vrouw, een meisje, had ooit die dingen gebreid, had dat randje zitten haken – wanneer? En weer iemand anders had ze aan gehad. Hoe lang? Bijna had ik eraan geroken, maar ik zag de zusjes kijken. Vlug gooide ik mijn hoofd achterover en duwde dat hatelijke ondergoed diep weg in de stapel.

Nienke en Annie begonnen de tweeling uit hun kleren te pellen en ze in de kleinste pakjes te hijsen; de tweeling laat altijd zo goeiig met zich sollen. Zodra ze aangekleed waren gingen ze vechterig doen en met de hoge halsboord tot vlak onder hun ogen opgetrokken door de keuken stampen, en roepen dat ze jongens waren, 'jommes'. Lien gooide mij het grootste, het oudste, het voddigste pak toe. Ik dook opzij en liet het liggen waar het viel. Momo zag dat en ze zei niets, niets over 'blij zijn', niets over 'dankbaar zijn' voor die 'lekkere warme pakken'. Ze was in haar stoel gaan zitten, staarde voor zich uit en verkreukelde de brief tussen haar vingers, terwijl ik tegen de keukenkast geleund naar haar stond te kijken. Wat hadden wij hier tenslotte mee te maken, Momo en ik, met die vale stapel, met die domme kinderen die elkaar gillend aan- en uitkleedden en er een indianengevecht van maakten.

Tot er met een plof iets van de tafel op de grond viel. Vlug bukte ik me om het voor Annies neus weg te grissen. Het was zwaar en het zat ingepakt in dik, grauw papier. Voorzichtig peuterde ik het touwtje los en vouwde een flap van het papier open. Zachte stof, zachte goudgele glanzende stof. Ik schoof de zusjes opzij, want ik wist dat dit iets was dat op Momo's schoot verder moest worden uitgepakt.

Spiegels zijn er weinig in dit huis. Een op het ouderwetse wastafeltje boven, met een barst erin, maar dat maakt niet uit want die enorme lampetkan staat toch altijd in de weg. En een op de deur van Momo's kleerkast, een grote ovale, met

63

bruinige vlammen in het glas. Het weer zit erin, zegt Momo. Het is een vreemde spiegel. De kast zelf is ook vreemd, een andere-mensen-kast is het, een van de meubels die hier nog stonden. Toen wij later vroegen van wie die dan allemaal waren antwoordde Momo kortaf: 'Van mensen.'

'En waarom hebben "mensen" hun spullen niet meegenomen?'

'Daar was geen tijd voor.'

'Waarom dan niet?'

'Ze moesten maken dat ze wegkwamen,' antwoordde Momo grimmig en meer wilde ze niet zeggen.

Ik denk wel dat ik het weet, ik denk dat die mensen met de Duitsers mee zijn weggevlucht, dat ze iets ergs gedaan hebben. Toen. Zulke mensen. Daarom hadden ze ook zulke lelijke spullen. De allerlelijkste dingen zijn door ons opgestookt in het fornuis; de kast heeft Momo gehouden omdat we er zelf geen hadden. Ze heeft hem gepoetst en geboend en vanbinnen met heel veel lekker lavendelwater besproeid om te zorgen dat hij van haar werd, maar hij is vreemd gebleven en als je de deur opendoet ga je niezen.

De zusjes waren in hun slobberige pakken stil en plechtig blijven wachten voor de deur van Momo's kamer. Zij mogen Momo niet in haar onderjurk zien.

'Ik ben uw kamenier,' zei ik toen ik de knoopjes op haar rug dichtmaakte. Het leken wel diamanten.

Eindelijk mochten ze allemaal binnenkomen om te kijken, maar ik moest ze haast de drempel over trekken, zo verlegen waren ze voor Momo, die in haar glanzend gouden jurk midden in de kamer stond. Het leek wel of ze licht gaf. Ik zei maar gauw tegen de zusjes dat we sprookje gingen spelen – we speelden altijd sprookje wanneer Momo op bezoek was. Vroeger bedoel ik. Daar. Niet dat ze dat nog weten, de zusjes. Vanwege die schoenen – gouden muiltjes werkten even goed als glazen – kozen ze Assepoester, met mij als boze stiefmoeder. En Momo zei: 'Ja, welja! En ik een overjarige Assepoester zeker, in een chique japon uit het jaar nul!' Maar ik zag best hoe ze zich in de spiegel bekeek.

Nienke en Annie bimbamden twaalf keer, heel haastig en met hun vingers erbij, Assepoester schopte de muiltjes uit omdat ze pijn deden aan haar tenen, de kamenier kreeg er genoeg van en duwde alle zusjes weer de overloop op.

'Mooi hè, Momo?' zei ik, met mijn rug tegen de deur. 'Hij staat u echt mooi, die jurk... die japon.'

'Och kind!'

'Heus waar, Momo! Droeg u vroeger ook zulke kleren?'

'Zoiets duurs? Ben je mal! Maar ik weet nog dat het mode was, die smalle jurken met zo'n heel laag middel.' Ze keek naar het lint rond haar heupen, naar haar armen in de doorzichtige mouwen, en ze deinde zachtjes heen en weer om de volants aan de rok te laten ruisen. Waar dacht ze aan?

Ik ging voor haar staan. Wij passen samen precies in het ovaal van de spiegel, zij en ik. Ik keek hoe ik eruitzag en wilde toen zo verschrikkelijk graag anders zijn dat ik mijn ogen dichtdeed. Als je je ogen dichtdoet raak je zoek, drijf je ergens heen zonder dat je kan kiezen. En daardoor kwam het dat ik opeens Momo's koude handen vastpakte, haar armen om mij heen vouwde en met mijn hoofd tegen haar aan leunde, want zo stond ik altijd met onze papa voor de grote spiegel nadat hij zich geschoren had en aangekleed. Behalve de laatste keer natuurlijk.

Ik ben al bijna even groot als Momo, en als zij geen schoenen aan heeft en ik wel kan ze maar net over mijn hoofd heen kijken. We staarden elkaar aan in de spiegel, Momo en ik; ik voelde hoe ze slikte.

'Maak alsjeblieft de knoopjes los! Ik bevries in die ellendige jurk. Hoe halen ze het in hun hoofd mij zoiets te sturen! Wat denken ze wel?'

'Stil, stil toch!' zei ik, en ze was stil.

15

We kunnen niet slapen van de kou. Momo heeft warmwaterkruiken voor ons gekocht bij de oudijzerman. Ze zijn dus van andere mensen geweest. Wij gingen eraan ruiken en ze daarna allemaal proberen om te kijken of ze niet lek waren, en ze waren niet lek, op één na. Dat geeft niet, de tweeling kruipt toch altijd bij elkaar. Wij moeten vroeg naar bed, om brandstof te besparen zegt Momo, maar zelf blijft ze tegen het lauwe fornuis geleund zitten lezen bij een kaars. Ze heeft al heel lang geen liedjes meer gezongen voor ons, want ze hoest zo.

Zodra ik in bed lig begin ik te gapen, en te zuchten dat ik al bijna slaap. Het helpt niets, een voor een komen ze, de zusjes, met kruik en al.

'Als je niet onmiddellijk van me af gaat stik ik. Als ik gestikt ben, ben ik dood, en als ik dood ben kan ik niet vertellen, nooit meer,' waarschuw ik, en dan schuiven ze een stukje op. Het is maar goed dat we mager zijn. Behalve de tweeling dan, maar die passen toch nog samen op mijn schoot, waar ze als twee biggetjes liggen te knorren en te wachten tot ik begin met vertellen.

'Marie kon niet in slaap komen. Nog nooit eerder had ze met de trein gereisd, en ze was een beetje bang voor morgen. Haar koffertje...'

'Bundel,' verbeterde Lien.

'Haar bundel stond naast haar op de vloer. Buiten was het

nog licht. Het was zomer. Toch lag Marie al in bed, want de volgende morgen moest ze voor dag en dauw naar het stationnetje vertrekken. Ze keek even over de rand van de bedstee waar naast de bundel haar schoenen klaarstonden, echte schoenen, stadse schoenen, blinkend gepoetst.'

'Van die heel ouderwetse hoge schoenen, hè Julia?'

'Een beetje vierkant.'

'Met van die knoopjes.'

'Een beetje als jongensschoenen.'

'Met heel lange veters.'

'Wat doet dát er nu allemaal toe!' zei ik. 'Buiten... buiten was het nog steeds licht...'

'Nu gaat ze afscheid nemen van Pol...'

'Nee, 's morgens doet ze dat.'

'Nietwaar! Nietwaar! 's Avonds! Ze moet eerst de hele wei door, zó, schuin, en dan begint het al een beetje te schemeren, en...'

'Koppen dicht, en niet zo aan de dekens trekken.'

Ik liet Marie uit de bedstee klimmen. Het kostte me moeite, want zij was op blote voeten en in haar alleroudste, versleten nachtjapon – de twee goeie waren ingepakt – terwijl ik het zelfs bedekt met dekens en zusjes en warmwaterkruiken nog koud had. Maar het was zomer daar, de zomer dat Marie veertien was geworden, de zomer dat ze wegging van haar vader, dat ze in betrekking ging bij vreemde mensen in de stad.

Marie stapte de keuken door en het erf over. Waar vader was wist ze niet. Ze rook de netten die te drogen hingen, ze rook de paardenstal, ze rook de zee. Al die geuren snoof ze heel diep op, om een voorraad voor jaren aan te leggen. De oude grijze Pol stond in de verste hoek van het weitje, met z'n brede achterste naar haar toe en één hoef half opgetrokken, alsof hij de aarde wilde krabben maar het halverwege vergat. Hij draaide niet eens zijn hoofd opzij toen Marie door het gras kwam aangehold. 'Je moet weten dat ik wegga,' begon Marie, en toen zweeg ze. Wat begreep het dier daar nu van? En bovendien, 'weggaan' was zo'n verschrikkelijk woord. Marie woelde door Pols bruine manen en wreef haar gezicht tegen zijn hals. Ze moest ervoor op haar tenen gaan staan. Hoe vader het klaarspeelde op Pols rug te klimmen had ze nooit goed begrepen. Klein en stram stond hij dan naast Pol op het vochtige zand, strekte zijn handen naar hem uit, slaakte een kreet met een stem die helemaal vaders stem niet was...'

'Héúéú...jááá...' zongen de zusjes onder de dekens.

'...en hop, daar zat hij boven op dat enorme dier, alsof een engel hem had opgetild en neergepoot.

Marie legde haar hoofd in haar nek om Pol te bekijken: zo'n naakte Pol zonder al dat tuig was toch een ander paard dan de Pol van het strand; zo zag je zijn mooie, grauwge- spikkelde vacht veel beter. Eindelijk boog hij zijn grote lieve hoofd naar haar toe, zodat ze zijn neus kon strelen. "Ik ben het," zei Marie. "Ik kom je zeggen... ik kom je zeggen dat je zo'n mooi vel hebt, en zo'n zachte neus, en zulke mooie sok- ken..."

Pol rommelde zachtjes en wiegde met zijn hoofd. Marie draaide zich om en...'

'Nee, nog niet, nog niet!' fluisterden de zusjes.

'Jawel. Ze moet naar bed.'

'Nee. Ze gaat nog vliegen!'

'Vliegen?'

'Ja. Op Pol natuurlijk.'

'Welnee!'

'Welja. Ja. Alsjeblieft, Julia? Voor deze éne keer?'

'Voor deze ene keer dan,' zei ik.

'"Héúéú... jááá..." zong Marie en hop, daar werd ze door

de engel opgetild en landde ze boven op Pols schouders. Achter haar rug sloeg hij zijn reusachtige bruingespikkelde vleugels uit, en nog net op tijd kon Marie zich met armen en benen aan zijn hals vastklemmen.'

16

Het lijkt wel of er nooit iets stilstaat hier. 's Morgens loopt Momo almaar heen en weer door de keuken met haar dictees en met haar sommen en haar aardrijkskunde en haar geschiedenis en haar Franse woordjes, en onder onze haastig krassende pennen groeien de slierten woorden en getallen maar aan; 's middags is het een circus van ruziënde zusjes met teilen was en schalen kippenvoer en emmers met schillen – voor Bajaar – en mandenvol kapotte kousen – voor mij natuurlijk – en als we met Bajaar door het bos trekken om brandhout wordt hij voortgejaagd door een optocht van gillende duivels in kale jasjes en met afschuwelijke rode mutsen op. Zodra je ook maar één ogenblik wegdroomt voel je Momo's ogen op je gericht – dan kijkt ze alsof ze je in brand zou willen steken.

Maar zelf droomt ze ook, dat zie ik vaak genoeg. Of is het geen dromen wat ze doet? Is het nadenken of herdenken, is het verzuchten of treuren of piekeren – ik verzin vlug allerlei woorden, terwijl ik toch precies weet wat ze doet, hoe het heet wat ze doet, wat wij doen, zij en ik. Wachten heet het. Nooit staat er iets stil, en intussen staat alles stil.

Er is ook al heel lang geen speciale post meer gekomen. Ik weet dat, want ik mag de postbode tegemoet lopen als Momo hem ziet aankomen. Ze ziet hem altijd aankomen door het keukenraam en ik zie dat dan weer aan haar gezicht. Hij gaat altijd eerst voor ons huis langs naar boer Kuik en daarna achterom naar ons, met zijn fiets die bijna te breed is voor het paadje, om over ons erf weer op het zandpad te komen. Ook als hij geen post voor ons heeft. Meestal heeft hij geen post voor ons. Ik heb wel brieven geschreven aan de kinderen van toen, aan Robbie bijvoorbeeld, en ook aan juffrouw Gerlach, maar ik heb nooit antwoord gekregen. Sommige kwamen terug. *Niet bekend op dit adres.* Of: *Adres bestaat niet meer.* Er komt af en toe een brief van Momo's vriendin, altijd in zo'n lichtblauwe luchtpostenvelop. Er komt wel eens een kaart met een Belgische postzegel erop, van *Berthe*, maar ik weet niet wie Berthe is. Als de postbode zo'n speciale bruine envelop met stempels bij zich heeft weet ik dat, want dan knikt hij uit de verte al vriendelijk, alsof hij een praatje zou willen maken – met Momo natuurlijk, hij kijkt over mijn hoofd heen of Momo niet zelf komt. Maar de laatste tijd stopt hij de post haastig in mijn hand en steekt hij zelfs een stuk af langs de mestvaalt om snel weer weg te komen.

Zelf schrijft Momo wel speciale brieven. Ze heeft het oude oliekacheltje in de voorkamer gezet. Er is daar een kolenhaard, alleen hebben we geen kolen natuurlijk. Ze wil daar soms zitten in die kamer, bij haar boekenkast en haar bureau en haar bankje; dat is, met de groene leunstoel, alles wat ze aan meubels heeft kunnen meenemen uit haar oude huis. En de globe natuurlijk. Ik weet niet of dat een meubel is. Groot is hij wel. Ik draai er vaak aan en dan zet ik hem stop met mijn ogen dicht, maar mijn vinger komt altijd midden in een oceaan terecht, nooit op land, niet eens op een eilandje.

Vanavond, toen de kleintjes al naar bed waren, ging Momo aan haar bureau zitten om een speciale brief te schrijven; ik had voor haar de inkt gehaald uit de schoolkast in de keuken. Ze heeft een mooie zilveren vulpen, die ik voor haar mag vullen. Ik weet precies hoe dat moet – er komen nooit luchtbellen in het reservoir. Een echte vulpen, die wil ik ook, in plaats van zo'n kinderachtige kroontjespen die telkens spat.

'Mag ik bij u blijven zitten, Momo?'

Het mocht. In het begin mocht dat nooit, als ze zulke brieven aan het schrijven was, misschien omdat ze bang was dat ik iets zou vragen. Maar ik vraag nooit iets; ik weet het zo wel. Zij zat te schrijven – ze dacht steeds lang na – en ik keek naar haar vanaf het bankje, een dik bankje is het, van groen fluweel, en als je erop zit ben je vanzelf recht en deftig. Ik keek naar Momo en naar haar bureau, met de foto van opa Jef; ik sta daar naast hem en Lien zit op zijn knie. 'Ik herinner me opa Jef nog heel goed hoor,' zeg ik altijd tegen Momo. Ik weet alleen niet zeker meer of het wel zo is. Ik weet nog hoe hij glimlachte, wat wel gek is eigenlijk, als je je iemands gezicht niet meer kunt voorstellen.

Ik keek, en ik dacht niet aan wat Momo schreef, maar aan de kleine kamer met haar spullen, en hoe die hier gekomen waren. Gewoon, met paard-en-wagen, heeft ze altijd gezegd.

Zouden ze er wel dekens omheen gewikkeld hebben, vroeg ik me nu af, en waren ze wel voorzichtig geweest met uitladen? Momo's glanzende bureautje, met de boekenkast die erbij hoort, van haar eerste zelf verdiende geld gekocht op een veiling. En het dikke groene bankje. En de boeken dan, waar waren die? In dozen natuurlijk. En wie laadden alles uit? De mannen van de wagen. En waar waren wij toen?

Ik wilde die mannen zien, met bijvoorbeeld een grijze kiel aan en een pet op, en ik wilde ons zien. Mezelf, terwijl ik hielp dragen, of terwijl ik het bureautje met een zachte doek aan het opwrijven was toen het eenmaal stond.

Ik zag mezelf wel, maar ik was niet aan het helpen. Ik stond voor het huis, dit huis hier, in mijn uitgelegde lichtblauwe zomerjurk; de naden en de zomen van toen ik kleiner was kon je goed zien, want daar was de stof donkerder. Ik leun-

de tegen het gesloten hekje, dat Lien probeerde open te duwen. Lien mocht van mij niet het erf af – de tuin noemde ik
het, hoewel ik best zag dat het stuk aangestampte kale aarde
met een paar stapstenen voor ons geen tuin was. Lien mocht
niet door het poortje, want ik vond dat gevaarlijk. We woonden nu aan een zandpad, en een zandpad met alleen maar bomen en struiken erlangs was nog gevaarlijker dan onze oude
straat, want daar had je tenminste nog winkels, ook al lag er
bijna niks meer in, en mensen, ook al wist je nooit zeker of
die goed waren. Op het pad stond geen paard-en-wagen met
mooie meubels, maar een kleine handkar. Er was niemand
bij, er was nergens iemand te zien of te horen, alsof Lien en
ik helemaal alleen waren in deze vreemde nieuwe wereld.
Het groene dekzeil op de kar lag half opzijgeslagen en je zag
koffers en dozen. Ik herkende een doos met blauwe letters,
Blue Band. Die was van mij, daar zaten mijn boeken in, mijn
kleurpotloden, mijn pop met alle poppenkleren, mijn spring-
touw en mijn kraaltjesblik met de ketting die al maanden
half af was. Maar ik deed niets, ik ging hem niet van de kar
halen, ik had met die doos niets meer te maken.

Het duwen in mijn rug was opgehouden en ik keek om
naar Lien, die nu als een balletje in elkaar gerold op de grond
zat, haar handen tegen haar oren geperst. Er kwam een jeep
aan, heel langzaam, want het pad zat vol met kuilen. 'Gauw,
gauw, kom achter het hek!' piepte Lien, maar ik haalde mijn
schouders op. Het hoefde niet. Ik wist bijna zeker dat het
niet hoefde. Het was namelijk niet zo'n soort jeep. Het was
meer een gewone open auto, nogal een kleintje ook, vooral
doordat er een heel dikke man in zat, dat zag ik al uit de verte. Dat hij er niet alleen in zat merkte ik pas toen de jeep voor
het huis stopte. De dikke man kwam eruit, knikte mij vriendelijk toe en liep om het autootje heen om iemand te helpen
uitstappen.

Ik boorde al mijn nagels in het groenfluwelen vel van Momo's bankje en staarde naar Momo's pen, die zachtjes over het papier kraste.

De dikke oude man – de dokter, maar dat wist ik toen nog niet – ondersteunde een vrouw die onze moeder was. Ze zag bleek, ze droeg de blauwe jurk met margrieten en ze hield haar handen op haar buik. Ik schoof opzij en hield het hekje voor haar open. Ze zag me niet. Of ze herkende me niet, zoals ik haar niet herkende, niet echt herkende. 'Goed op jezelf passen, mijn lieve kind,' zei de dikke oude man tegen haar. Daarna stapte hij weer in zijn auto, denk ik.

Ik had het echt wel uit mijn hoofd kunnen jagen, als ik gewild had. Natuurlijk wel; ik kan alles wegjagen als het moet. Alles. Maar ik wilde het niet, de vrouw in de margrietenjurk moest blijven, want ik was niet klaar: ik moest het hekje nog loslaten en ik moest naar haar toe gaan en haar arm beetpakken met twee handen. Ik mocht haar niet laten merken dat ik niet zeker wist dat zij het was, dat ik wel had gezien dat ze helemaal niet naar mij gekeken had, en dat ik opeens begreep waarom ze haar handen op haar buik hield. Vooral moest ik iets liefs tegen haar zeggen: dat we echt een fijn nieuw huisje hadden hier, dat alles goed was gegaan, dat ik goed op de zusjes zou passen en dat ik goed op haar zou passen.

Maar ik bleef naar de grond staan staren, met mijn lippen op elkaar en met mijn vingers om de rand van het hekje geklemd, terwijl zij naar de voordeur liep.

'Ik dacht dat jij zat te lezen?' zei Momo opeens, met haar pen in de lucht.

Ik schrok. 'Ja,' zei ik gauw. Ik glimlachte en ik hield mijn handen open alsof er een boek in lag.

Momo schudde even haar hoofd. 'Ga jij nog eens kijken of ze slapen,' zei ze toen.

Toen ik terugkwam had Momo haar brief af, en had ze hem in de envelop gestopt. Ik keek niet naar het adres, want ik ken dat uit mijn hoofd.

'Breng jij die morgen voor me weg?'

'Als ik met Bajaar mag.'

17

Toen Momo nog sliep was ik al in de stal. De zusjes waren natuurlijk weer wakker geworden van de knarsende kamerdeur. 'Als jullie je niet doodstil houden,' fluisterde ik hard, 'dan loop ik weg. Voorgoed. Dan zitten jullie zonder mij.' Meestal gaan er dan een paar huilen, maar dat heb ik niet afgewacht. Ik heb de lantaarn gepakt en een groot stuk roggebrood en ik ben naar buiten geslopen. Het was nog donker, maar je kunt al zien dat de winter niet meer zo lang zal duren.

Die ellendige winter, zegt Momo steeds. Maar ik hou wel van de winter, omdat we met Kerstmis liedjes zingen en met onze popjes en beestjes een kerststal maken, waar Momo dan heel mooi het verhaal bij vertelt, en omdat Momo op oudejaarsavond iets lekkers voor ons bakt. Wafels waren het dit jaar. Lien en ik hebben er vier apart gehouden om er met glazuur het nieuwe jaartal op te schrijven: *1949*. Dit is het jaar waarin ik veertien word.

Momo kan 's winters niet buiten werken en daar kan ze niet tegen, dat weet ik, dan gaat het spoken in haar hoofd. Daarom jaagt ze ons maar op, met veel te veel lessen. Ik ben begonnen met Latijn, uit een heel oud, beduimeld boek dat Momo ergens heeft opgediept. Ik snap er nog niet veel van, maar het is fijn, die rijtjes, je hebt aldoor iets te doen. *Rosa, rosae, rosae, rosam, rosa*. Je kunt erop dansen. Je kunt er een paard op poetsen. Vanochtend vroeg heb ik Bajaars hele vel gedaan met de zachte borstel tot het glom, en ik heb zijn manen en zijn staart helemaal uitgekamd.

Later, aan het ontbijt, kwam er natuurlijk ruzie; alle zusjes wilden mee, en waarom ik weer, waarom ik altijd, waarom ik altijd alles mocht en zij nóóit iets. Momo werd gelukkig niet woedend, want als ze woedend wordt heeft ze daarna spijt, vooral 's ochtends, en dan zegt ze soms: vooruit dan maar. Ik zat hard in de muis van mijn hand te bijten en weg te kijken van Lien met haar lievige glimlach en haar lievige ronde ogen. 'Nee. Ik heb jullie allemaal hier nodig,' zei Momo bedaard.

Buiten stopte ze de brief diep weg in mijn jaszak, vertelde me nog eens precies hoe ik moest rijden, en hoe voorzichtig ik moest zijn, en waar de brief op de post moest: bij het postkantoor, en natuurlijk niet in de brievenbus naast de slager. 'Nee, natuurlijk niet,' zei ik. We glimlachten er samen om, we wisten dat het onzin was. En bovendien, stel je voor, de slager met zijn dikke worsthanden in de brievenbus! Die zouden mooi blijven steken. De route die ik nam ging niet langs de slager, maar dat hoefde Momo niet te weten.

Ik zag niemand op het smalle oeverpad. Als je niemand ziet hoef je niet bang te zijn, tenminste 's winters niet, want geen mens kan zich achter de kale bomen en struiken verbergen, en beesten zijn er niet. Geen grote in elk geval. Soms schrik je van een fazant.

Ik heb trouwens een betere manier gevonden om te rijden, wat verder naar achteren en met mijn benen zo slap en slungelig als het maar kan langs Bajaars flanken. Het is dus juist fijn dat ik lang ben en zulke zware schoenen draag, zo zit ik heel recht en heel vast op zijn rug, en heeft Bajaar geen last van mij.

Bajaar stapte rustig over het pad, hij hield zijn hoofd mooi rechtop en zijn neusgaten dampten. Even schudde hij zijn gekamde manen en toen heb ik mijn muts afgedaan om mijn eigen manen te schudden. Niet dat er veel aan te schudden valt. Ik wil het liever lang laten groeien, maar dat mag niet van Momo. Ze zegt dat ik treurwilgenhaar heb en bovendien luizen zal krijgen. Maar dat is onzin. Van wie moet ik nou luizen krijgen?

Ik houd altijd twee dikke strengen van Bajaars manen in mijn handen, om iets vast te hebben. Je hoeft er nooit aan te trekken; een beetje met je been duwen, of hem links of rechts over zijn hals strelen, dat is genoeg. Of hem gewoon zeggen waar je naar toe wil.

Als je over het oeverpad naar het dorp gaat moet je op het laatst langs de leerfabriek, waar het zo naar huiden stinkt. Ik kan mijn neus dichtknijpen daar, maar Bajaar niet. Hij moet daar vast aan verschrikkelijke dingen denken. Eerst bleef hij staan, met zenuwachtige oren, en toen ik hem zachtjes aanspoorde begon hij heel vlug te lopen in de richting van de overweg. De tweede overweg is dat, de overweg zonder bomen, zonder wachter. Er zijn daar twee kinderen verongelukt en wij mogen er niet oversteken.

Er kwam een trein aan. Hij was nog ver, maar ik hoorde hem, Bajaar hoorde hem, en Momo hoorde hem ook, dat wist ik. Momo spitste nu haar oren en dacht dat wij straks voorbij de witte villa van Maurier voor de gesloten bomen zouden staan, en dat ik wagons wilde tellen, want het was duidelijk een goederentrein en goederentreinen hebben soms wel meer dan vijftig wagons. Omdat ik niet op de plaats was waar Momo dacht dat ik was, deed ik mijn ogen dicht en probeerde alleen nog Bajaars hoefijzers te horen, die steeds vlugger over de keien van het smalle straatje kletterden.

Er zijn allerlei manieren om Bajaar in te houden. Je kan bijvoorbeeld hard 'ho!' roepen, maar dan heb je kans dat je over zijn hoofd heen schiet. Je kan zijn manen grijpen en eraan trekken, niet al te hard natuurlijk. Maar ik klemde mijn benen steeds vaster tegen Bajaars flanken – als je dat doet gaat hij harder en harder lopen. Ik moest me per se heel precies voorstellen wat er met ons zou gebeuren, en hoe we daarna dood en kapot op de spoorbaan zouden liggen, onder het bloed, Bajaars buik open, zijn hoofd verpletterd en het mijne ook – wie zou er naar ons komen kijken, wie zou ons nog herkennen?

We waren net de overweg over toen ik mijn ogen weer opendeed. Een dikke vrouw stond met haar fiets aan de hand te wachten en ze keek ons met uitpuilende ogen aan. Achter ons reed de goederentrein langzaam voorbij. Ik moest mijn keel schrapen. 'Goed zo, Bajaar.' Ik boog me naar voren en streelde zijn hals, maar hij schudde mijn hand af; hij wist best waarom die hand zo trilde. Het is maar goed dat paarden je gezicht niet kunnen zien als je op hun rug zit.

De mensen van het dorp kijken altijd. Ze kijken, of je nu in je eentje bent of met zusjes of met Momo, ze kijken. Ik-zelf zou het staren noemen. Moet je Momo horen als wíj zo doen. 'Niet zo onbeleefd staren!' Maar zij mogen wel onbeleefd naar óns staren. Gelukkig was ik te paard. Gelukkig zat ik zo hoog dat ik kon doen of ze niet bestonden daarbeneden, die schommelende vrouwen met hun gebloemde hoofddoeken en hun boodschappennetten, de bruine oude mannen in krappe bruine pakken, die bruine fluimen op de klinkers spuugden, de kloosterzusters die in hun habijt haastig de straat overstaken en naar mij probeerden te glimlachen, de melkboer met zijn paard-en-wagen – we moesten er vlak langs, maar het leek wel of die twee beesten niet eens merkten dat ze soortgenoten waren. De melkboer keek wel naar ons en schudde zijn hoofd. Ik weet best wat dat betekent, dat hoofdschudden: dat doet ook maar, dat volk, die halve wilden! Had ik hem maar vol aangekeken, had ik maar netjes 'goedemorgen' gezegd. Maar dan had hij me misschien niet eens verstaan. We stapten naar de brievenbus, Bajaar en ik, de brievenbus bij het postkantoor, een rode brievenbus, precies goed voor een brief aan het Rode Kruis. 'Rode bus,' zong ik, 'rode bus, rode bus, rode kruis, rode roos, rosa, rosae, rosae, rosam, rosa', en ik duwde zonder te kijken Momo's envelop door de gleuf. Geluidloos viel hij op de brieven die er al in lagen, onnozele brieven van onnozele mensen, *hoe gaat het met jullie met ons gaat het goed*, dat soort brieven. Die onnozelen hadden niks te schrijven aan de Afdeling Opsporing Vermiste Personen. Die onnozelen hoefden maar even in hun handen te klappen en hopla, iedereen was er.

Bajaar bleef nog staan. Hij vond dat ik moest nadenken en ik dácht ook na, niet over die brief – wat erin stond wist ik niet, en ook weer wel natuurlijk. Aan die brief en aan al die eerdere brieven dacht ik niet, wilde ik niet denken, ik dacht alleen aan Momo, hoe ze op de uitkijk zou staan, en ik moest onmiddellijk naar haar toe, alsof het anders te laat zou zijn.

'Naar huis, Bajaar!' zei ik.

18

Ik had niet aan de jagers gedacht. Stropers maken geen lawaai, vissers ook niet natuurlijk. Jagers wel, maar je weet nooit wanneer. Het eerste schot klonk toen we net het oeverpad op gegaan waren. Bajaar bewoog zenuwachtig zijn hoofd op en neer, maar hij bleef niet staan, hij begon juist vlugger te lopen. Hij hoorde misschien beter dan ik waar het geluid vandaan gekomen was, helemaal uit het populierenbos bijvoorbeeld, of van de velden aan de overkant van de stroom.

'Het geeft niets,' zei ik hard. 'Dat was maar één schot...' en meteen klonk een tweede, van dichterbij. 'Ze schieten op eenden, en op fazanten, en op hazen geloof ik, niet op paarden. Of meisjes. Maar misschien moeten we terug.'

Bajaar houdt niet van het woord 'terug'. Dan is hij bang dat hij achteruit moet lopen.

'Niet zo hollen!' zei ik.

We waren daar waar het pad breder en opener wordt, waar je niet meer zo dicht langs het water hoeft, waar de vissers altijd zitten te zwijgen. Nu zaten ze er niet.

'Zal ik mijn muts weer opzetten?' vroeg ik. 'Dan zien ze ons beter, want hij is rood. Ze schieten niet op rood.' Maar ik liet hem in mijn jaszak zitten; ik zie er echt veel beter uit zonder muts. Ik zou mooi zijn, ik zou kaarsrecht te paard zitten, ik zou kalm en waardig doorrijden, zodat niets mij kon raken.

Ze waren er opeens, ik begreep niet waar ze vandaan gekomen waren. Ik had toch aldoor voor me uit gekeken? De man herkende ik; het was niet de vieze jager maar de andere jager, in zijn gewone kleren. De jongen had ik nog nooit gezien. Hij was denk ik twaalf, en hij had een grijze gebreide muts op met een kleurige pompon, een kindermuts. Ze stonden met hun rug naar me toe, en ik zocht naar een manier om ze ongemerkt te passeren. Konden we wel achter het bosje langs? Ik hoorde daar fazanten. Voorzichtig streek ik over Bajaars hals. 'Sluipen,' bedoelde ik. Maar hij sloop niet, hij bleef briesend en stampvoetend staan, zodat de jongen omkeek en een hand op de arm van de jager legde. Een fazantenhaan stoof schreeuwend op uit de struiken. 'Verdomme!' zei de jager.

De jongen kwam naar ons toe hollen en greep Bajaar bij zijn manen. De man riep iets. De jongen schreeuwde naar hem over zijn schouder, het klonk als 'even wachten!'

Ik zat verstijfd op Bajaars rug. Ik zei wel: 'Laat los!' maar veel te zacht, en de jongen glimlachte naar Bajaar, streelde hem met zijn vrije hand over zijn hals, zei: 'Braaf! Braaf paard.' Braaf? Wij zeggen dat nooit, braaf. Bajaar verstaat dat woord niet eens. De jongen leidde ons verder over het oeverpad, alsof dat zijn werk was.

'Even wachten!' riep hij weer. 'Hij mag nog niet schieten, want dan schrik jij, hè paard, en dan sla je op hol.' Hij aaide Bajaar nog eens.

Bajaar rommelde. Hoe haalde hij het in zijn hersens, te rommelen tegen zo'n dorpsjongen die nog geen boe of ba tegen míj zei! Die jongen wilde ook helemaal niet naar mij kijken, hij vond natuurlijk dat het geen gezicht was, zo'n houterige slungel met vast en zeker een rode neus van de kou, en met haar dat niet eens kon wapperen, op zo'n dik paard zonder zadel of iets, en dan die schoenen, ik had ze wel willen begraven in Bajaars buik.

We gingen de man voorbij. Ik geloof dat hij knikte, maar ik weet het niet zeker. Hij zei niets en ik staarde alleen maar naar zijn geweer. De jongen begon vlugger te lopen, maar erg veel haast om terug te gaan had hij niet, want we waren de bocht van de stroom al helemaal om en hij maakte geen aanstalten Bajaar los te laten. Bajaar vond het allemaal wel best.

'Waar blijf je?' riep de man. Zijn stem galmde. De jongen deed of hij niets hoorde.

'Nu zal het wel gaan,' kraste ik eindelijk. We waren al bij het Zand.

De jongen keek over zijn schouder omhoog alsof hij nu pas merkte dat ik daar zat. Hij hield Bajaar in. Ik zag zijn gezicht niet, ik zag alleen die grote kleurige wiebelige pompon boven op zijn hoofd. Hij nam zijn muts af. 'Warm,' zei hij.

Ik knikte. Ik keek eerst naar zijn hand, die Bajaars manen maar bleef vasthouden, en toen naar zijn gezicht. Het was een beetje een meisjesgezicht, met dikke, donkere wenkbrauwen boven ronde, bruine ogen. Hij leek op een eekhoorn, vond ik, een eekhoorn met lang blond piekhaar. In de verte hoorde ik de stem van de man weer. Je wordt geroepen, wou ik zeggen, maar hij was me voor.

'Jij bent er toch een van die evacuees?' Hij liet Bajaar los en wees in de richting van ons huis.

'Nou, en?'

'Konden jullie niet terug?'

'Mogen we hier niet zijn soms?'

'Ik bedoel... ik bedoel alleen maar, is jullie eigen huis dan kapot of zo?'

Ik staarde die jongen aan; het duurde een eeuw voor ik kon antwoorden. 'Ja,' zei ik toen. 'Helemaal kapot.'

De jongen knikte. 'Niet zo best.'

'Nee,' zei ik.

'Mooi paard hè, mooi beest.'

'Ja. Ik heb hem gepoetst vanmorgen.'

'Jij kan wel goed rijden, hè? Zijn dat een soort paardrij-laarzen?' en hij tikte zomaar tegen mijn linkerschoen.

'Ja.'

'Nou, ik moet terug naar m'n oom. Houdoe.'

'Houdoe.'

Ik heb niet meer omgekeken; ik heb Bajaar aangespoord en ik heb hem het hele karrenspoor, van het Zand naar onze weg, laten galopperen. Misschien heeft die jongen me nog nagekeken. Ik weet zeker dat ik erg mooi zat, helemaal niet zoutzakkerig, zoals Lien altijd zegt van mij. Lien kan opvlie-gen.

Bij het kapelletje hield ik Bajaar even in. 'Dag Moeder Gods,' zei ik, en ik boog mijn hoofd.

We kwamen de bocht om. Daar stond Momo bij het hek, zoals ik wel geweten had natuurlijk. Als Momo gaat tieren – dat doet ze als ze ongerust geweest is – dan gooit ze haar handen in de lucht. Ik was nog te ver om haar gezicht goed te zien, maar haar handen zag ik wel.

Bajaar gaat altijd langzamer lopen als hij haar ziet, maar ik liet hem goed voelen dat hij moest opschieten. Zodra we bij haar waren zei ik: 'Alles is heel goed gegaan, Momo, de brief is op de bus, en Bajaar was heel braaf en...'

Momo knikte alleen maar. Ze liep diep gebukt om Bajaar heen en liet hem telkens een hoef optillen. Toen kwam ze overeind en liet mij zien wat ze in haar hand hield: een ver-sleten hoefijzer.

'Niet van ons,' zei ik.

'Gelukkig maar.'

'Bewaren hoor,' zei ik.

Ik ging Bajaar wegbrengen. De zusjes speelden op het ach-tererf. Ze zaten elkaar gillend achterna met grote, van stro gevlochten lussen om elkaar te vangen. Ze hadden ons niet horen thuiskomen. 'Wacht!' schreeuwde ik, 'ik doe mee!' Ze keken alleen even op, en renden toen verder alsof ze me helemaal niet gezien hadden. Ik liet me van Bajaars rug glijden. Zodra ik stond dacht ik aan mijn schoenen. Paardrijlaarzen. Een soort paardrijlaarzen. Ze klonken extra mooi op het steen in de stal.

Evacuees. Aan dat woord heb ik heel lang niet gedacht. Ik weet nog precies hoe gewichtig ik het vond dat we dat opeens waren, *evacuees*, terwijl alle anderen liepen te huilen omdat ons huis zou worden platgegooid, en we niet wisten waar we terecht zouden komen. Ik denk niet dat we nu nog evacuees zijn.

19

Vanmorgen, midden onder haar aardrijkskunde, holde Lien opeens weg met een mesje in haar hand. Ze kwam de keuken weer binnen met een enorme bos wilgenkatjes die ze in Momo's armen duwde. Ze trok er haar lieve-Lien-gezicht bij en ja, dan moet Momo wel gelukkig en dankbaar kijken natuurlijk, alsof ze nu echt is opgevrolijkt omdat het bijna lente is.

Ik gluurde naar Momo, maar zij keek helemaal niet naar mij. Ze glimlachte haar glimlach en ze liet de tweeling aan de katjes voelen. Alle zusjes wilden nu aan de katjes voelen en alle zusjes wilden iets zoeken om de takken in te zetten, en waar was die gedeukte koperen melkbus toch?

'Ik zit anders wél meetkunde te doen,' zei ik. Ik kon evengoed niet bestaan.

Wij mochten buiten onze boterham opeten en we werden blauw van de kou, terwijl Momo met haar dikke sjaal om op een omgekeerde aardappelemmer haar gezicht in de zon zat te houden. Toen wilden de zusjes verstoppertje spelen en dat was goed, maar ze moesten kiezen tussen binnen en buiten. Niet steeds heen en weer. Dat mag nooit. Als Momo in de keuken zit en wij komen van buiten langs haar heen stormen kijkt ze naar ons alsof ze ons het liefst meteen aan iemand mee zou geven. D'r in of d'r uit, zegt ze altijd.

D'r in, kozen ze dus. Momo wilde niet meedoen, en ik mocht niet meedoen – 'Julia is te groot,' vond Lien – maar ik deed toch mee, al snap ik niet waarom, want uit alle verstopplekjes steken mijn voeten naar buiten.

Dit huis is ook niet goed. Er zijn niet echt fijne plekken, behalve misschien de kelder – waar de zusjes niet in durven – en Momo's kleerkast, als je klein bent tenminste. De tweeling kiest elke keer Momo's kleerkast. Samen. Als je zegt dat ze zich ook apart kunnen verstoppen begrijpen ze niet wat je bedoelt. We zoeken altijd heel lang naar ze en we doen net of we hun getjilp in de kast niet horen.

Toen Lien hem was verborg ik me in de kelder. Ik liep er gewoon heen en het kon me niet schelen dat ze mijn voetstappen kon volgen terwijl ze met haar hoofd in haar armen op de gangvloer hardop tot honderd zat te tellen. Het is een kleine kelder, onder de bijkeuken. Op de planken naast de trap staan de blauwe melkkannen en al Momo's weckpotten met groente en verkleurde peren en met de voorraad meel in de geblutste blikken. Aan de andere kant hangen de uienvlechten en helemaal onderin staan de kistjes aardappels en het vat met zuurkool. Er is nauwelijks licht daarbeneden. Er zit een klein roostertje in de muur hoog boven je hoofd, dat is alles, en Momo neemt altijd een kaars mee als ze iets gaat halen. Ik vind die kaars nergens voor nodig, donker doet er voor mij niet toe.

Zachtjes trok ik de deur achter me dicht en ging achterstevoren de trap af. Dat kan niet anders. 'Die elléndige keldertrap!' zegt Momo altijd als ze zich weer eens heeft gestoten. Beneden ging ik op een leeg kistje zitten, met mijn handen in de mouwen van mijn trui. Ik hoorde niets, geen voetstappen, geen stemmen, geen 'honderd!' Ik hoorde niets en alles wat ik zag waren de bleekpaarse uitlopers van de pootaardappels – ik snap best dat de tweeling daarvan griezelt. Om die kruiperige slierten niet te hoeven zien deed ik mijn ogen dicht en opeens moest ik erg geeuwen.

Door mijn geeuw heen krijsten de meeuwen en in de verte bruiste de zee; diep beneden op straat klonken voetstappen, kinderstemmen, een winkelbel aan de overkant, een langzaam paard voor een piepende kar, gescharrel van vogels vlakbij in de dakgoot en in de kamer precies onder mij stond mijn moeder te strijken, ik hoorde het geknars van de strijkplank. Niemand kon me vinden, de zusjes waren al uren naar me aan het zoeken en aan hun geroep merkte ik dat ze bang werden. Zonder geluid te maken kroop ik achter het beschot vandaan en duwde het luikje netjes op zijn plaats. Klein was die opening wel, maar grote mensen konden toch ook wel hun buik inhouden als het echt moest?

Ik holde naar beneden, naar mijn moeder.

'Waar was je nou?' vroeg ze.

Ik trok haar hoofd naar me toe en fluisterde: 'Mama, ik weet het!'

'Wat?'

'De goeie verstopplek!'

'Ja, dat hebben we gemerkt! Annietje loopt te huilen!'

'Nee, voor papa!' zei ik. 'Een verstopplek voor papa! Dan hoeft hij niet bang te zijn dat hij bij tante Met moet. Want die ruikt zo naar koeien en ze is niet eens een echte tante en ze is helemaal niet lief ook.'

'Wát zeg je daar?'

'Ja, en in de mooie kamer van tante Met is het niet mooi en daar ruikt het zo naar boenwas, daar kan papa niet tegen. En bij haar kan hij de zee niet horen. En bij haar mist hij ons.'

Mijn moeder werd spierwit. 'Wát! Wát? Heb jij aan de deur staan luisteren vanochtend?' Bijna sloeg ze me. 'Jij weet niks, versta je me? Helemaal niks! Wat denk je wel!'

'Maar mama,' zei ik verbaasd, 'ik weet toch alles. Ik hoef helemaal niet aan de deur te luisteren. De papa van Robbie...'

'Robbie?'

'...Robbie z'n papa is toch weg gemoeten om voor de Duitsers te gaan werken, want Robbies moeder durfde hem niet te verstoppen, die was bang. En toen moest hij met de andere mannen op de trein, heel ver weg. Robbie heeft het zelf verteld. Maar wij, wij gaan op mijn verstopplekje dekens neerleggen, die kun je zo door het luikje duwen, niks aan, het potje kan er ook nog bij, en papa kan...'

'Julia!'

'...papa kan languit liggen en hij mag al mijn eten, bijna al mijn eten, en mijn boeken. En we zetten dat lelijke vluchtkoffertje weg. En als ze dan om papa komen dan ga ik ze... dan zal ik ze gewoon...'

'Jij zal helemaal niks! Als jij nog één keer met andere kinderen over zulke dingen durft te praten, dan...'

Ze greep me ruw bij mijn arm en duwde me de overloop op en mijn kamertje binnen, naar bed, terwijl het nog helemaal licht was buiten, alleen zag je daar niks meer van toen ze die dikke lelijke verduisteringsgordijnen had dichtgetrokken.

Pas toen het echt avond was en de zusjes sliepen hoorde ik zacht gepraat en gesnik en geschuifel in de andere kamer, gerommel in laden. Ik wist wat er was, ik wist dat ik per se niet in slaap mocht vallen en ik staarde met wijd open ogen het donker in tot de klik van het voordeurslot me plotseling wekte en ik mijn bed uit sprong. Toen ik het zware gordijn opzijrukte zag ik dat het al licht begon te worden. Op straat klonken nog haastige voetstappen, maar het enige wat ik zag was een leeg trottoir. Ik rende de kamer uit, naar mijn moeder in het grote bed. 'Kind!' Ze stak haar hand naar me uit. Ik deed een stap terug en ik zei niets, ook niet dat mijn arm blauw was.

'Gevonden!' schreeuwde Lien vanuit de open deur. Ik gaf geen kik. Vanaf de drempel kun je namelijk niet op de keldervloer kijken.

'Gevonden!' blufte Lien weer.

Ze snoof. Lien snuift als ze moed verzamelt.

'Ik hoor je!' riep ze. 'Ik hoor je! Je zit weer op je lippen te sabbelen!' Ze kwam de trap af, nu durfde ze. 'Gevonden!'

Ik zag haar naar mijn gezicht turen.

'Zal ik je laten gaan?' bood ze toen aan.

'Hoeft niet hoor,' zei ik.

'Kom dan mee, sloompie,' zei ze, en ze trok me overeind.

20

Momo is de hele moestuin aan het omspitten. Ze heeft weer kleur, ze zingt haar liedjes als wij erom vragen, en als je zegt dat het zeker wel zwaar is, dat spitten, antwoordt ze: 'Nee, welnee, wat dacht je! Zandgrond!'

We zijn wel diep gezonken, bedoelt ze, dat we tegenwoordig op zandgrond moeten wonen. Zandgrond betekent voor Momo te kleine aardappels, een pomp in plaats van kranen, en mensen die je niet verstaat.

Wij hebben de hele dag mest lopen kruien. Ik voornamelijk. De zusjes moesten scheppen, of ze wilden of niet, en aan het eind van de middag hadden we allemaal blaren en spierpijn en stonken we enorm. De anderen moesten nog buiten blijven en de klompen schoonmaken, maar ik mocht me wassen aan de pomp in de bijkeuken, om Momo daarna te helpen baden in de grote teil in de keuken, voor het warme fornuis.

Ik weet precies hoe ze het wil, haar bad. Ik giet er telkens een pan heet water bij – dat moet langzaam; ik was haar haar met zachte zeep en ik spoel het na met azijn, heel voorzichtig, zodat het niet in haar ogen komt, en als ze klaar is haal ik van het rekje de grote witte geborduurde wafeltjesdoek die zij haar Cleopatramantel noemt, en die ik om haar heen wikkel als ze eruit komt. 'Niet kijken hoor,' zegt ze altijd, en ik kijk niet. Tenminste, ik kijk door mijn wimpers en dan zie ik dat ze lijkt op de vrouw van het schilderij dat ze in een boek heeft staan. Stel je voor dat ik er ooit zo uit kom te zien! Maar ik gluur toch.

Toen mocht ik in het bad, maar ik zei dat ik me al gewassen had, en dat het water trouwens voor de zusjes niet lekker meer zou zijn na mij.

'Wat is dat nu voor onzin?' zei Momo.

'Gewoon,' zei ik, en het duurde echt een eeuw voor ze het snapte.

'Och, kind toch,' zuchtte ze toen.

Ik was al half de keuken uit om de zusjes te gaan roepen toen ze zei: 'Je weet toch waar de doekjes liggen?'

'Ja-ha!' Wat dacht ze dan? Het is mijn tweede keer al! Lien heeft het gemerkt. Lien is vies van me.

Ik had de kleintjes eerst gebaad, heel vlug vanwege het krijsen, en daarna Nienke en Annie, die er niet uit wilden, zodat Lien maar bij ze in stapte en er een hele golf grauw zeepwater over de rand klotste.

'Vertellen!' zei de tweeling huilerig toen ik ze schone kleren aantrok. 'Vertellen voor troost!'

Ik moest om ze lachen, en wilde best vertellen.

'Van de kanonnen.'

'Van de koeien.'

'Van het schip.'

'Van de schoolmeester,' zei ik. 'Van Jef.'

'Grootvader' zeg ik eigenlijk nooit, want Momo, als ze vertelde, zei altijd 'Jef'. Ze vertelde van 'kleine Marie', van 'Marie' en van 'Marie haar schoolmeester, Marie haar Jef'. Toen ik nog klein was begreep ik pas na lang nadenken dat Marie haar Jef natuurlijk onze opa was. Nienke moet je zulke dingen trouwens nog altijd uitleggen, elke keer weer. En de tweeling kun je helemaal vergeten, die denken geloof ik dat ze uit een ganzenei gekomen zijn.

'Van de schoolmeester,' zei ik dus, en ik tilde Nienke en Annie de teil uit om ze af te drogen.

'Maar dan niet Iezegrim overslaan!'

'Nee. Goed. Niet Iezegrim overslaan.'

Iezegrim is het hobbelzwijn van de kleine kinderen voor wie Marie zorgde, het hobbelzwijn waarop Marie met haar veertien jaar giechelend zat te hobbelen.

'Marie had haar schort afgedaan,' begon Nienke ongeduldig.

'Ja, en ze was op Iezegrim gaan zitten,' vertelde ik, 'maar opeens... opeens ging de deur van de kinderkamer open. Het was mevrouw Christiane.'

'De mama, hè?'

'Ja, de mama. Maar mevrouw Christiane was niet alleen, ze had een vreemde meneer bij zich die haar "tante" noemde en die de kinderen wilde zien. "Och," zei de vreemde meneer. Hij wees naar Marie. "Och, is dat nu mijn oudste nichtje?"

Mevrouw Christiane werd rood en Marie werd rood en de meneer werd ook rood. Marie stond haastig op van Iezegrim...'

'...ja, en die bleef nog een hele tijd doorhobbelen, hè Julia, want dat kunnen hobbelzwijnen.' Verlangend hobbelden de zusjes heen en weer op hun pasgewassen billen.

'Ja. Marie stond haastig op van Iezegrim. Ze streek haar rokken glad en ze strikte de haarlinten van de kinderen...'

'Van de meisjes, Julia. Jongens hebben geen linten!'

'Ze strikte de haarlinten van de meisjes en trok de kraagjes van de jongens recht.' Ik moest opeens denken aan de jongen met de eekhoornogen en de kindermuts.

"Nee Jef, nee, dit is Marie," zei mevrouw Christiane haastig, "dit is Marie, de kindermeid", en ze pakte boos het schort op dat Marie over een stoel had gegooid.

Marie vergat helemaal haar manieren, ze bleef de vreemde meneer maar aanstaren, en de vreemde meneer bleef háár maar aanstaren, en toen, toen gebeurde er iets...'

'Híér!' De zusjes gooiden hun hoofd achterover en stompten zich hard op hun borst.

'Ja. Dáár.'

'En het ging nooit meer over.'

'Nee. Nooit meer. De vreemde meneer was de mooie nieuwe schoolmeester van de Sint-Jozefschool. Elke zaterdag kwam hij bij zijn tante eten en met de kinderen spelen en ze verhalen vertellen en ze voorlezen. "Mag Marie er alstublieft bij zijn?" vroeg hij aan mevrouw Christiane, en mevrouw Christiane zei: 'Dat mag wel, Jef, als ze intussen haar werk doet." Maar zodra mevrouw Christiane de kinderkamer uit was zette de mooie schoolmeester de verstelmand weg en schoof hij Marie een dik boek onder haar neus, want hij vond dat ze zo keurig las. En hij bracht aldoor boeken mee, boeken met avonturen en boeken met sprookjes en met reizen, boeken met gedichten die ze voor hem uit haar hoofd leerde' –

' "Mijn hert is als een blomgewas" ' begonnen de zusjes.

Marie noemde hem 'meneer Quaeghebuer'. Jef zeggen, dat mocht niet natuurlijk, want zij was maar een visserskind, een kindermeid van veertien jaar, en hij was een deftige meneer van al negenentwintig met een snor en een grijze streep in zijn haar. Steeds meer boeken bracht de mooie schoolmeester mee voor Marie, totdat ze een hele stapel op haar zolderkamertje had staan.

'Zó hoog!' wezen de zusjes.

'Mevrouw Christiane kreeg er schoon genoeg van. "Komen jullie allebei eens hier," zei ze. "Hoe kan Marie haar werk nu behoorlijk doen als ze aldoor maar zit te lezen? Het moet afgelopen zijn! Ik stuur Marie terug naar haar vader!"

Toen werd de mooie schoolmeester vuurrood. "Nee tante, nee, dat gaat niet, want als ze groot genoeg is ga ik met Marie trouwen." En Marie...'

'Marie,' zuchtten de zusjes, 'Marie moest zich aan hem vasthouden om niet te vallen...'

'Ze hoorde iemand hard "ja" zeggen...' vertelde ik verder.

'...en dat was ze zelf!' zongen de zusjes.

Momo kwam de keuken binnen om het bad te legen en wij keken haar allemaal aan.

'Zijn jullie nu nóg niet klaar?' vroeg Momo. 'En waarom zitten jullie mij zo aan te kijken?'

Maar dat wist ze best.

21

Er was post vanmorgen. Geen speciale post in zo'n lichtbruine envelop vol stempels, maar een gewone brief. Hij kwam van een onbekende vrouw, *Edith* las ik, en dan nog wat. Voor op de envelop stonden twee doorgekraste adressen die ik niet kon ontcijferen voor Momo de envelop uit mijn handen trok. Het moest een belangrijke brief zijn, want ze liep haastig de keuken uit tijdens het lezen, en even later hoorde ik dat ze hem in haar bureautje opborg en de la op slot deed. De rest van de ochtend was ze stil. Zwijgend deelde ze de taken uit, en als wij opkeken van ons werk zagen we haar uit het raam staren. Dictee kregen we niet.

'Naar buiten,' zei ze opeens om elf uur. 'Lien past op de kleintjes.'

Ik liep mee naar buiten. Daarna liep ik weer naar binnen, omdat ik toen pas begreep waarom Lien op de kleintjes moest passen en niet ik. Ik vond Momo in de voorkamer, op het groene bankje. Ze huilde, op haar manier dan, want Momo kan niet huilen. Haar zwarte ogen worden zo groot dat je denkt dat ze uit hun kassen zullen rollen, en haar mond beeft en beeft – ik wil haar dan niet zien, ik wil haar niet kennen zo. Het liefste wou ik weg. Om niet naar haar te hoeven kijken ging ik naast haar zitten en sloeg ik mijn armen om haar heen en drukte mijn gezicht tegen haar hals. Ik wist bijna zeker dat ze me zou wegduwen, maar dat deed ze niet en een hele tijd bleven we zo zitten. We waren stil. Momo dacht na, en ik klemde mijn armen steviger om haar heen omdat ik dat nu durfde.

'Pak de globe eens, kind.'

Ik ging de globe uit zijn hoek halen en zette hem voor Momo op de vloer neer. Ze noemde een naam die ik niet helemaal verstond, iets Russisch met '-gorsk' op het eind, en haar wijsvinger zwierf van Nova Zembla naar Perzië en weer terug.

Ik ben heel goed in het Russische Rijk en ik wees Momo zonder zoeken de Woeste Oeral aan en de Noord-Russische Rug en de Kaukasus en alles.

'Kazachstan,' zei Momo.

'Hier,' wees ik vlug en ik trok een grote cirkel. 'En daar helemaal ligt Moskou. En daar Leningrad.'

Ze wilde overeind komen. 'Dwina,' begon ik gauw, 'Berezina, Don, Dnjepr, Oka, Moskwa, Wolga, Kama, Bjelaja...' maar het hielp niet; ze stond op, liep naar haar bureau, kwam met de brief terug en legde die opengevouwen op mijn schoot.

'Kiëv, Charkof, Rostov, Tambov...'

'Julia!' zei Momo.

Ik heb de brief van die onbekende vrouw niet gelezen natuurlijk, want Momo stond aldoor naar me te kijken. Ik voelde haar ogen. Ik doe het niet, ik lees hem niet, zei ik onhoorbaar tegen haar, wat moet ik met die brief? Dat ik door mijn oogharen heen de lichtblauwe woorden van die vrouw toch zag, daar kon ik niets aan doen. 'Beste Mevrouw,' begint ze; dat vind ik bijvoorbeeld al raar klinken. Dan komt er een heel verhaal over een of andere Hendrik uit Groningen. Dat die naar Duitsland is gemoeten in augustus 1944, vier jaar geleden. Dat hij door de Russen gevangengenomen is en in de mijnen van Kazachstan is terechtgekomen. Dat hij nog altijd spoorloos is. Dat hij een vriend had daar. Dat die vriend haar, die vrouw dus, een brief had geschreven. Dat die vriend in Rusland een Nederlandse lotgenoot had meegemaakt met zo'n eigenaardige voornaam, *Servaas*.

Ik heb de brief opgevouwen. Ik heb de globe weggezet en zonder omkijken ben ik de kamer uit gelopen. Momo zal natuurlijk weer gaan schrijven. Aan dat mens met haar 'beste mevrouw' en haar verloren Hendrik in Kazachstan. Of naar die plaats, dinges-gorsk. En naar het Rode Kruis. Of ze zal weer zelf naar de stad gaan, voor de zoveelste keer, naar het kantoor van het Rode Kruis, met die brief. En dan zullen ze weer tegen haar zeggen dat ze echt niet steeds zelf hoeft te komen. Dat ze haar schrijven als ze iets weten. Alleen weten ze nooit iets.

Maar ik heb aldoor die mijnen in mijn hoofd. Toen ik over mijnbouw moest leren kreeg ik een hekel aan aardrijkskunde. Mensen horen niet onder de grond. Ik wou maar dat die brief niet was gekomen, want nu moet ik de hele tijd denken, en ik wíl niet denken. Als er nog weer eens zo'n brief komt scheur ik hem in stukken, zó uit de handen van de postbode.

Zonder vragen ben ik Bajaar uit zijn weitje gaan halen en Lien heeft me als een viswijf uit staan schelden omdat ik de tweeling, die achter me aan rende, in hun eentje terugstuurde. We zijn naar het Zand gereden, Bajaar en ik, in galop, want dat kan ik nu heel goed. Dat komt door mijn schoenen. Een soort paardrijlaarzen zijn dat namelijk.

We zijn naar het Zand gereden en het heeft niet geholpen. Bajaar sloop zo zacht als hij kon toen we eenmaal tussen de braambossen waren. We hebben naar de draaikolken geluisterd en naar de winterkoninkjes, we hebben naar de uitbottende blaadjes gekeken, en Bajaar heeft af en toe gerommeld en hij heeft mij naar de oever gedragen en weer terug, en

weer heen en weer terug, wel vijf of zes keer, en ik heb gezongen, en niets heeft geholpen.

'Weet jij wel,' zei ik op het laatst, 'weet jij wel dat ze in
mijnen ook paardjes gebruiken, die dag en nacht zware kar-
ren door ondergrondse tunnels moeten trekken? Dat die
paardjes vel over been worden? Dat hun neusgaten, hun
ogen, hun vacht, alles van ze, tot hun binnenste aan toe, helemaal zwart wordt?'

22

Ik moet Maria gaan opzoeken, Maria met haar bleke oude zoontje in de schemerige kapel, om haar op te biechten dat ik in Momo's bureaula heb gezeten. Wat er gebeurt als ik het haar verteld heb weet ik niet goed, dan heb ik het toch nog steeds gedaan? Maar het was omdat het moest – alleen kan ik het Maria denk ik niet duidelijk maken waaróm dat moest.

Het kwam zo: de zon scheen, de zusjes deden Jan-Huigen-in-de-ton op het erf, zonder mij, en ze krijsten als varkens. Momo was aan het werk in de moestuin. 'Zal ik u helpen aardappels poten?' vroeg ik, maar zij schudde van nee zonder zelfs maar op te kijken, en daarom ging ik naar binnen.

De voorkamer is altijd kil. Er komt nooit zon. De bureaula ruikt naar oud papier en paddenstoelen, en hij kan maar half open. Het is akelig je hand erin te steken. Maar dat móét ook akelig zijn. Wat erin zit: de brieven van Momo's vriendin, met een glibberig blauw lintje eromheen. De brief van laatst – nee, die lag er gelukkig niet. Ons kleine groene album met babyfoto's; het grote album is zoekgeraakt bij de evacuatie. Verloren, vergeten misschien zelfs. Momo's platte map van donkerrood leer met daarin de grote foto, op karton geplakt, de foto van ons allemaal, zonder de tweeling natuurlijk. Als je hem aan de tweeling laat zien piepen ze: 'Wij staan er ook op! Wel waar! Wij hebben ons alleen maar even verstopt!' Er staat niets op geschreven, niet bijvoorbeeld *Marie*

Quaeghebuer met haar zoon, haar schoondochter en haar vier kleindochters. Of *Servaas Quaeghebuer met zijn moeder, zijn vrouw en zijn vier dochters.* Of *Julia Quaeghebuer met haar grootmoeder, haar ouders en haar drie zusjes.* Drie bevroren volwassenen, drie meisjes in lichte jurken, die humeurig onder hun ponyhaar uit kijken, omdat het zo lang duurde allemaal zei Momo later, en een peuter die op de arm van de moeder zit en net begint te brullen. Mensen uit juni 1942. Vreemde mensen.

En dan de drie footootjes van vroeger, die wel opschriften hebben, op de achterkant, in bleke inkt. *Marie en Jef mei 1908. Servaas 1 maand oud oct 1910. Jef en Marie Augustus 1914.* Drie kleine footootjes, dat is alles. Op *Jef en Marie Augustus 1914* staat Marie in de open deur van hun huis. Er loopt net iemand weg, een soldaat in uniform met een groot pak op zijn rug. Schuin voor Marie staat een man in gewone kleren, met een pet op zijn hoofd. Dat is Jef, maar je kunt hem niet goed herkennen. Marie strekt haar arm naar hem uit en hij kijkt opzij, naar haar, en hij glimlacht, dat zie je aan zijn wang. Het is heel vroeg in de morgen, nog koud, Marie heeft een doek omgeslagen. Ze staat daar om afscheid te nemen van Jef. Voor een paar dagen, denkt ze, want ze weet nog niet dat over een paar dagen de Grote Oorlog zal uitbreken. Hun jongetje had per se wakker willen blijven, maar hij is toch in slaap gevallen. Hij kon er niets aan doen. Jef is zacht naar zijn bedje geslopen voor een afscheidszoen.

Als je slaapt, en iemand die weggaat komt je een afscheidszoen geven, heel voorzichtig, zó dat je zijn lippen en zijn baardstoppels nog net door je slaap heen voelt, maar je herinnert je het pas veel later, dan heb je het niet verzonnen, dan was het echt zo. Ik weet dat. Ik weet dat soort dingen.

Ik stopte de foto's terug in de rode map, in het platte vak met de fluwelen binnenkant; daar horen ze.

Dan is er nog het kleine platte vak, met de klep. Daarin zit de brief van tante Met. Gek hoe lang een brief erover kan doen. Waar is hij dan intussen, zou ik willen weten. Thuis bij een postbode, die almaar zoekt en zoekt waar die mensen toch gebleven kunnen zijn? Ik hoef het klepje niet op te lichten, de brief niet te zien, ik weet wat er in paars potlood op de buitenkant van de envelop staat: *Alhier bezorgd 13/01/46*, en ik weet ook wat er boven de brief staat: *9 Juni 1944*. Ik weet ook precies wat er in de brief staat. Dat de boerderij geëvacueerd moest worden.

Waar blijven de beesten dan, vraag ik me af. Waar moeten ze naartoe? Hoe ver moeten ze wel niet lopen? Slijten hun hoeven niet? Moeten ze door een dicht, donker bos waar niets te eten voor ze is? Zijn ze niet bang? En tante Met hield zo van haar koeien. Ze rook naar haar koeien. En als je bij haar de stal binnenkwam kwam, dan was het alsof je in een dichte koeienlucht gesmoord werd – de rest van je leven zou je net zo ruiken als tante Met. Je mocht Betsie 3 best een veekoek geven, maar ik wou dat liever niet omdat ze zo likte en ik dan moest denken aan de ossentong bij de slager. Tante Met lachte me erom uit. Ze lachte me om alles uit, ze vond me 'nuffig'. Ik weet niet goed wat dat betekent.

Ze moest evacueren, schrijft tante Met in haar brief, met beesten en al, en iedereen die bij haar hoorde ging natuurlijk mee, *maar er ontbreekt iemand*, schrijft ze dan, *een zeer geliefd persoon, naar die hebben wij hier al zo lang uitgezien, wat kan er gebeurd zijn? Men kan het toch in deze tijden niet in het hoofd halen rond te zwerven of naar huis terug te keren?*

Naar huis, denk ik dan, naar huis, welk huis?

In die tijd, zegt Momo, werden je brieven zomaar opengemaakt; dan wilden ze bijvoorbeeld weten of je soms iemand verborgen hield. Daarom schrijft tante Met zo raar geheimzinnig van *iemand* en *geliefd persoon* en *men*. De eerste keer dat ik samen met Momo de brief mocht lezen wilde ze me gaan uitleggen wie tante Met bedoelde met die geliefde persoon, maar toen drukte ik mijn handen tegen mijn oren. Soms begrijpt Momo echt niets van mijn hoofd. Ze begrijpt niet dat ik alles weet. Ze begrijpt niet dat ik gewoon wéét dat onze papa nooit bij tante Met is aangekomen. Dat hij zichzelf natuurlijk is gaan aangeven, die vroege ochtend dat ik zijn voetstappen nog hoorde in de lege straat. Dat hij zich is gaan aangeven, net als de papa van Robbie had gedaan. Dat hij natuurlijk liever dapper de papa van Robbie achternaging dan te stikken in het huis van tante Met.

Wat kan er gebeurd zijn, vraagt tante Met in haar brief; ze vraagt dat aan onze moeder, want de brief is aan haar gericht.

In het harmonicavak van de tas, dat met zo'n puntig lipje dicht moet, zitten de andere dingen. De stapel briefjes, dunne, gelige, getypte briefjes, soms maar van een paar regels, soms wat langer. Ze liggen netjes op volgorde, oktober 1944, januari 1945, mei 1945, juni 1945, september 1945... Het laatste is van november 1948. *Geachte mevrouw... geachte mevrouw... geachte mevrouw... geachte mevrouw... onze onderzoekingen... tot op heden geen resultaten... nadere gegevens... ons onverwijld daarvan in kennis te stellen... met betrekking tot uw laatste verzoek van 18 februari jongstleden... nieuwe naspeuringen nog niets opgeleverd... geen enkele aanwijzing... wij zullen... wij verzoeken u...*

Ik ben daarna de moestuin in gelopen, naar Momo, die in het aardappelveldje lag geknield alsof ze die enge poters met hun paarse uitlopers aanbad. Maar nee, ze aanbad ze niet, ze sneed ze zelfs in stukken voor ze ze in de grond stak. Ik hurkte dicht naast haar. Ik dacht, ze ruikt nu oud papier aan mij, en paddenstoelen, maar ze keek op en ze zei alleen maar:

'Haal jij dat handige schepje eens even voor me.'

Ik kwam meteen weer overeind. Als ze me weg wil hebben, waarom zegt ze dat dan niet gewoon, zonder zo'n smoes van een 'handig schepje'? Ik liep naar de bijkeuken en toen ik weer naar buiten kwam hoorde ik dat ze zachtjes zat te zingen, iets vrolijks, iets Engels van de radio. Wat precies weet ik niet, want zodra ik bij haar kwam hield ze op. Ik liet het schepje naast haar op de grond vallen en liep de moestuin uit. Nog voor ik het hek door was hoorde ik het Engelse liedje alweer. Ik stak het achtererf over, waar de zusjes nu landjepik deden, ook de tweeling. Nienke was aan de beurt. Ze stond met haar arm in de hoogte, het lemmet van Momo's scherpste, meest verboden keukenmes tussen haar duim en wijsvinger – precies zoals ik het vroeger van Robbie heb geleerd. Ik zei niets. Ik was trouwens onzichtbaar. Achter mij hoorde ik hoe het mes in de grond drong.

Ik ga dus Maria opzoeken in haar kapel. Ik ga alleen, niet op Bajaar. Ik loop zelf. Ik heb last van mijn voeten maar dat zeg ik niet. Elke stap doet pijn; 'boete' heet dat. Dat woord wist ik opeens weer. Zou boete helpen? Kun je ook boete doen voor iemand anders, vraag ik me af. Ook als je niet weet wat hij gedaan heeft? Of hij iets gedaan heeft? Of hij nog bestaat? En wie merkt dat dan, als ik die boete doe, gebeurt er dan iets? Heilige Maria, maak dat... Zo moet je beginnen, dat weet ik, maar verder kom ik niet. Er is niemand in het kapelletje dan Maria en haar oude jongetje, maar ik kom toch nooit verder dan 'maak alsjeblieft dat...' want dan wordt mijn hals hard en krijg ik keelpijn. Misschien krijg ik gewoon keelpijn van de kaarsvlammen, dat daar iets uit komt, uit die vlammen, een gemene damp.

23

Vanmiddag heeft boer Kuik voor de kleintjes een schommel opgehangen in de dikke berkenboom. Hij kwam samen met zijn zoon, en toen ik hem het eerste touw over de tak zag slaan moest ik aan een plaatje denken in een boek van Momo waar ik haast niet in durf te bladeren. 'Kijk nou,' fluisterde ik zachtjes tegen Lien, 'hij gaat die imbeciel van hem opknopen.'

'Zulke dingen moest je eigenlijk niet zeggen,' zei Lien na een hele poos.

'Opoe!'

Ze keek me niet eens aan. Ze strekte haar armen, met in elkaar gevlochten vingers, de handpalmen naar buiten gedraaid. Ze doet dat steeds, alsof ze iets oefent. Maar wat? Ze is twaalf geworden, ze wil dat Momo haar haar knipt met een heel brede pony vlak boven haar wenkbrauwen en de rest lang, tot over haar schouders. 'Niet meer zo'n jongenshoofd als Julia alstublieft Momo?' Ze staat voor Momo's spiegel op haar tenen te dansen en met haar wimpers te flapperen, en ze probeert steeds te zien hoe ze er van opzij en van achter uitziet. 'Als een mislukte bidsprinkhaan,' zeg ik, maar het helpt niet. 'Later,' zegt Lien steeds, 'later, Julia, later dan word ik...' En dan ben ik weg, want ik wil niets horen over dat later van Lien.

Vanmiddag, toen boer Kuik en zijn zoon weer weg waren, liet ik de tweeling schommelen. 'We durven heel hard en heel hoog,' zeiden ze, 'maar morgen pas.'

'Je moet het touw vasthouden,' zei ik steeds, 'niet alleen elkaar', maar dat vergaten ze en dan moest ik ze weer uit het gras rapen.

Lien stond tegen de appelboom geleund lief te glimlachen, dus ik wist best dat er iets kwam. Ik had natuurlijk kunnen weglopen, of de tweeling aan het brullen maken, of hard gaan zingen, maar ik bleef geknield in het gras sloom tegen Martje en Pieke aan duwen, die op de schommel met hun hoofdjes tegen elkaar in slaap leken te vallen. 'Goed vast-houden,' zei ik en het betekende niets.

Als. Als onze... Maar Lien begint niet meer met 'als'. Ze begint met 'toen'. Toen onze. Toen onze papa. Toen onze papa en ik.

'Toen onze papa en ik...' zei Lien, en ik knikte alleen, zon-der naar Lien te kijken, en wiegde met de tweeling mee ter-wijl Lien zangerig een verhaal begon over de kermis, over de grote schommels, 'de schuiten' zei ze, waar ze met onze papa in mocht, en onze papa stond in de schuit en zij ook, hij hield zich aan de blinkende koperen stangen vast, en zij hield zich aan zijn benen vast, want ze kon niet bij de stangen natuur-lijk, en ze gingen hoog, zo hoog, zo hoog dat zij eruit vloog, de lucht in, en onze papa kon haar nog nét vastgrijpen aan de ceintuur van haar rode winterjasje...

Als zíj alles had onthouden, Lien, als zíj alles nog zo pre-cies wist dat haar hoofd helemaal vol was, dan had ze echt geen plaats voor mooie sprookjes over een rood winterjasje, over een schuit op de kermis waar ze in mocht, ook al was ze pas zes, en over een vader zonder hoogtevrees...

Ik keek op naar Lien. Mijn hoofd knikte en mijn mond glimlachte. 'Ik weet dat nog wel,' zei ik maar. Als. Toen. Later. Wat maakt het ook uit voor Lien?

'Vertel nog maar iets, hoor,' moedigde ik aan, en ik voelde me verschrikkelijk oud. Lien vertelde en ik verstond niets van wat ze zei doordat ik niet meer bij haar hoorde. Bij niemand hoorde ik meer.

Momo kwam met Annie en Nienke teruglopen van het verre weitje. Ik hoorde hun stemmen, *Klein Annie zat op majesteit.* Dat wil Annie steeds zingen, en Nienke brult er telkens hard 'Klein Nienke' doorheen. Ze weten niet eens wat 'majesteit' betekent. Ze weten niks. En als Momo zo doorgaat blijft het ook zo; we hebben al in geen dagen les gehad. Voor mij geeft het niet, ik leer mezelf wel, ik heb in Momo's boeken gelezen over gesteenten en fossielen, daarna over de Franse Revolutie en de guillotine met de mand waar de afgehakte hoofden van de adel in vielen, en daarna over Napoleon en de Russische Veldtocht toen alle soldaten doodvroren, en elke dag doe ik een stuk Latijn hardop. 'Schei toch uit, kind,' zegt Momo dan, ''t lijkt wel of we in de kerk zitten!'

Ik liep Momo en de zusjes tegemoet, de tweeling voor me uit jagend, want ik had er genoeg van de hele tijd op ze te moeten passen. Ik zag Momo voor ze mij zag, Momo met aan elke hand een luid zingend zusje. Zelf galmde ze erbovenuit en ze liep gek, alsof ze een deftige mevrouw was met parels en een bontjas en heel hoge hakken. Ze lachte, en Annie en Nienke lachten om haar, door hun lied heen. Ze zagen mij, de zusjes hielden op met zingen en lachen en Momo hield op met haar malle loopje; ze had meteen weer haar gewone gezicht met de harde, felle ogen en de strakke glimlach. Annie en Nienke lieten haar los en renden weg, elk met een kleintje in de armen.

Ik zag hoe Momo hen nakeek en ik draaide me om. Aan de dikke berkentak hing de schommel verlaten te slingeren, want Lien had blijkbaar een nieuw spel bedacht, en de zusjes lachten en juichten zo hard dat de ganzen mee begonnen te schreeuwen.

'Toe maar, ganzen,' zei ik, 'toe maar, ga ze maar in hun benen bijten, flink hard.'

'Julia?'

'Ja, Momo?'

'Draai je eens om!'

Ik draaide me om.

'Ik wil een ander gezicht zien, Julia!'

'Ik ook, Momo!'

Ik bleef staan op het pad, en ik probeerde Momo tegen te houden. Ze liep door; haar arm gleed uit mijn hand, alsof ze niet eens gemerkt had dat die hand er was. Ik nam grotere stappen en stak weer mijn hand uit, maar nog voor Momo mij voelde, sloeg ze haar armen over elkaar.

De ganzen kwamen, met de brutale gevlekte als aanvoerster zoals altijd, en ze gingen niet op de zusjes af, maar op ons, schreeuwend en blazend.

'Welja,' zei Momo.

Ze pikten in mijn schoenen.

'Toe maar,' zei ik. 'Maak ze maar helemaal kapot!'

Momo draaide zich boos naar me om. Ik maakte me lang en ik wilde opeens mijn gezicht in haar hals duwen, net als die ene keer, maar ze stapte achteruit, vanwege de ganzen zeker die in haar jurk hapten.

'Ze willen ons meenemen, Momo,' riep ik, boven het gegil van de zusjes en het geblaas van de ganzen uit. 'Ze willen ons tweeën meenemen, de lucht in!'

'We zullen nogal ver komen, met die dikzakken!' zei Momo.

'Toch wel, als u uw ogen dichtdoet.' Ik staarde Momo strak aan en gehoorzaam deed ze haar ogen dicht.

'En als u mij vasthoudt.'

Ze hield mij met beide armen vast.

'Daar gaan we al. Voelt u wel, Momo? En wat ruisen hun vleugels, hè?'

Ze glimlachte. Ik staarde naar haar oogleden. Dat zijn net schelpen, heel rimpelige, heel donkere schelpen.

24

Ik ben intussen al heel ver. Met Latijn bedoel ik. Mocht ik nog eens een oude vergeten Romein tegenkomen, dan zal ik tegen hem zeggen: 'Salve! In fluviis multae et parvae insulae sunt.' Dan zegt hij vast terug dat ik niet goed wijs ben, want in onze stroom is niet één eilandje te bekennen. En daarna vraagt hij bijvoorbeeld: 'Hoe heet u? Waar zijn uw vader en uw moeder? Waar zijn uw broeders en uw zusters? Wie is de meesteres van uw huis?' En ik antwoord: 'De meesteres van ons huis is Momo. Mijn vijf zusters wandelen in de tuin. Broeders heb ik niet. Mijn moeder is gestorven. Wij wachten op bericht van mijn vader. Ik heet Julia. Hoe heet u?'

Het is nu bijna zomer en Bajaar blijft 's nachts op het weitje, ook al is het nog koud. Wij willen dat niet, wij willen dat hij in de stal slaapt omdat we bang zijn voor paardendieven en rovers en jongens met messen of stenen, maar Momo zegt: 's nachts op stal, dat kost veel te veel werk. 'Dat ellendige beest,' zegt Momo steeds, 'dat ellendige beest is een nagel aan mijn doodkist!' en dan woelt ze hem door zijn manen en klopt hem op zijn hals, en ik heb zelfs een keer gezien dat ze hem op zijn voorhoofd kuste. Dat doet ze bij ons niet eens.

Ik sta om zes uur heel zachtjes op om als eerste bij hem te zijn, maar Lien is me wel eens voor. Lien kan nog zachter uit bed komen dan ik; ja, kunst, als je niks weegt. Als ik dan bij het weitje aankom staat ze daar in haar pyjama, een eind van Bajaar af. Ik weet wat dat betekent: dat ze geprobeerd heeft

haar armen om zijn nek te slaan en iets in zijn oor te fluisteren – ze steekt de zotste verhalen tegen hem af als ze denkt
dat niemand haar hoort – en dat hij er geen zin in had. Bajaar
is namelijk humeurig, 'balsturig' zegt Momo; daarom kunnen hij en ik het zo goed met elkaar vinden, zegt zij.

Als ik Lien daar vind praat ik niet tegen haar, en ik probeer
ook niet om Bajaar te lokken, ik weet toch wel dat hij dan
meteen naar me toe zou komen. We blijven een poosje naar
hem staan kijken, Lien en ik, en dan sla ik een arm om haar
heen en ik zeg: 'Kom maar mee, Lien, je wordt te koud zo',
en dan komt ze mee en dan heeft Bajaar niemand, niet haar
en niet mij. Als ik omkijk wiebelt hij wel met zijn oren naar
mij op die speciale manier.

Vanochtend was Lien daar niet; dat wist ik van tevoren,
want toen ik onder mijn dekens uit kroop zag ik boven me
haar arm uit bed hangen. Ze slaapt altijd raar, die Lien, zei ik
bij mezelf. Verder dacht ik niet na over mijn mooie zusje, ik
dacht alleen maar: ze slaapt, ze slaapt en ik heb Bajaar voor
mij alleen.

In de bijkeuken trok ik gauw mijn meegegriste kleren
aan. Momo zou wel denken, als ze mijn nachthemd naast de
pomp zag liggen. Het kon me niets schelen wat Momo dacht.
Voor mijn part werd ze razend. 'Momo kan opvliegen,' zei
ik toen ik met mijn schoenen in mijn hand het pad af holde
naar het weitje. 'Opvliegen! Regelrecht de hemel in!'

Als je op blote voeten heel hard loopt voel je niks, geen
nat gras, geen koude modder, geen scherpe steentjes en tak-
jes en doorns. En als je dat heel vaak doet word je denk ik een
oermens, met van die dikke voetzolen. Of je krijgt een soort
hoeven, zou ook fijn zijn. Nooit meer kistjes.

Het was nu bijna helemaal licht. Het kabaal van de vogels
werd al minder en in de verte hoorde ik de koeien van Kuik,
die gemolken wilden worden. Hij is altijd laat, boer Kuik.

Bajaar was niet zoals anders in het verste hoekje van de wei een beetje aan het soezen. Hij had me horen aankomen en hij stond bij het hek ongeduldig met zijn hoef te schrapen en in het hout te bijten, en toen ik het hek openmaakte duwde hij zijn hoofd hard tegen me aan. Dat betekent: ga zitten, en vlug een beetje.

Bajaar is geen normaal paard natuurlijk. Dat zie je niet vanbuiten, want hij heeft gewoon witte wimpers en witte manen, een ruige lichtbruine vacht met onregelmatige donkere plekken, grote oren en boze zwarte ogen. Maar hij heeft een heel bijzonder hoofd. Hij weet de dingen, net als ik. Hij weet alles. Toen hij verhongerd en gewond rondzwierf, wist hij bijvoorbeeld precies dat hij bij Momo moest zijn en liep hij net zo lang tot hij haar gevonden had. Hij wist dat ze hem zou verzorgen en eten voor hem zou stelen. Hij wist dat ze hem zou verbergen, zodat hij niet zou worden geslacht door hongerige dorpelingen. En dat ze hem zou dopen. Bajaar doopte ze hem. Dat is haar taal voor Beiaard, het ros Beiaard waar de Heemskinderen op reden. Vier ridders waren dat, zware jongens. Wij zijn toch maar meisjes, dus dan maakt zes waarschijnlijk niet uit.

Bajaar weet alles. Wat ik wens en wat ik niet wens. Waar ik aan denk, waar ik niet aan wíl denken. Of iemand goed is of niet goed. Of er iets bijzonders gaat gebeuren en waar. Al dat soort dingen weet hij.

Vanochtend toen ik bij hem kwam wist hij ook iets, dat merkte ik direct aan zijn ongeduldige gedrag. Ik wist het zelf ook wel, denk ik, maar ik was nog te slaperig om door te hebben wat het was. Hij duwde nog eens driftig met zijn hoofd tegen mijn schouder en toen gehoorzaamde ik, want dat moet dan wel. Vlug trok ik mijn kousen en schoenen aan en sprong op zijn rug. Dat kan ik tegenwoordig heel goed.

Bajaar liep het smalle paadje af, het achtererf langs en

zo de zandweg op waaraan we wonen. 'Sluipen hoor,' zei ik zachtjes, en ik streek over Bajaars hals. 'Sluipen, stil zijn en niemand wakker maken.' Maar Bajaar wilde niet sluipen of stil zijn. Hij roffelde met zijn hoeven en hij brieste en hij snoof, en het leek wel of hij een geweldige haast had. Ik moest hem uit alle macht inhouden, anders was hij gaan galopperen. Oneerbiedig jakkerde hij langs het Mariakapelletje, holde het karrenspoor op en hield zelfs in het Zand zijn vaart niet in.

'Heb je soms de kolder in je paardenkop?' vroeg ik, rukkend aan zijn manen, en toen viel ik haast van hem af doordat hij met een schok bleef staan. Hij knikte met zijn hoofd om te zeggen: 'Hier, nu ben je waar je zijn moet.'

We waren de braambossen al voorbij en ik zag de oever van de stroom, ik zag het bruine water met de draaikolken en de sliertige waterplanten, en ik zag de visser die in het gras zat. Een nogal klein uitgevallen visser was het, met blond piekhaar dat een beetje te lang was. Ik liet me van Bajaars rug glijden en we liepen langzaam naar hem toe, Bajaar en ik. De kleine visser keek niet om.

'Bijten ze een beetje?' vroeg ik na een poos.

'Nee.' Ik zag dat hij een echte hengel had en niet zo'n armzalige tak met een touwtje eraan met een stuk vissendeeg zoals Annie en Nienke die altijd maken. Naast hem stond een leeg emmertje.

'Zit je hier vaak?'

'Ja.'

'Zo vroeg?'

'Ja.'

Ik wist niks meer te vragen. Waarom keek die jongen trouwens niet om, ik praatte toch niet tegen de rietstengels? Bajaar stond ongeduldig met zijn snoet in mijn zij te duwen, maar het duurde even voor ik begreep wat hij bedoelde.

114

'Wil je soms een stukje rijden?' vroeg ik toen aan de jongen.

'Ja.' Hij gooide zijn hengel neer, kwam overeind en keek me eindelijk aan met zijn eekhoornogen.

'Ga maar zitten dan. Je afzetten en je zo'n beetje aan hem ophijsen hier en dan vlug je been over hem heen gooien, kun je dat?'

'Ja,' zei hij. 'Braaf. Braaf paard.'

'Dat hoef je niet te zeggen hoor,' zei ik, want Bajaar bleef voor hem veel rustiger staan dan voor mij, de uitslover! 'Nu je benen slap laten hangen, niet klemmen want dan gaat hij hollen. Helemaal slap. Als natte was. En rechtop zitten, alsof je ín hem zakt, in het paard, begrijp je? En straks met hem mee bewegen vanuit hiér...' wees ik. Ik wou zeggen 'je middel', maar ik weet eigenlijk niet of dat bij jongens ook zo heet.

'Ja.'

Ik hield Bajaar bij zijn manen vast en we begonnen langs de oever te lopen. Toen ik over mijn schouder omhoogkeek zag ik de bruine ogen van de jongen glinsteren.

Hij is dertien. Of hij ouders heeft weet ik niet. Hij woont bij zijn oom in de Dorpsstraat. Hij mag 's ochtends voor schooltijd gaan vissen. Ik leer hem paardrijden. Hij heet Antonie.

25

Het is zomer en Bajaar is verliefd. Niet op die boerenknol van Kuik, die ziet hij niet staan, dat lelijke beest, maar op een onzichtbaar paard in de verte dat we soms horen hinniken. Bajaar gaat eerst terughinniken en rondrennen en dan door het gras rollen en op zijn rug liggen spartelen. Je snapt gewoon niet hoe zo'n dier weer overeind komt. Als je dieren goed bestudeert begrijp je hoe dan ook niet dat iemand ze op die manier verzonnen heeft. 'Geschapen' moet ik zeker zeggen. En mensen dan, ik bedoel, waarom zie ik er bijvoorbeeld zo uit als ik eruitzie, en is Lien een roze porseleinen ballerina? Ze heeft grijze ogen met gouden spikkels; die heeft ze van onze moeder. 'Jullie moeder,' zegt Momo, 'was een bijzonder knappe vrouw.' Dat klinkt altijd alsof ze het over een vreemde heeft, een actrice of zo. Niet over mama. Mijn ogen zijn zwart. Ik heb de ogen van mijn vader. En die heeft ze weer van Momo. Grijs is veel mooier, zegt Lien.

De tweeling is ook verliefd. Op elkaar, zeggen ze. Ze gaan boven op elkaar liggen giechelen. Dat komt door Lien; Lien legt de zusjes aldoor uit hoe het allemaal zit, waarom Bajaar wel verliefd kan worden maar dat hij er verder niks mee kan beginnen, waar baby's vandaan komen en wat mannen hebben. Ik weet dat ze wel eens met opzet langs de vieze jager loopt. Als we in het dorp zijn kijkt ze naar grote jongens. Zij kijken niet naar haar. Naar mij ook niet.

Momo moest vanmiddag weg en ik wilde per se mee. Dat vond ze niet goed en toen mocht zij van mij niet gaan. Ik stond voor haar en ik vroeg: 'Wilt u soms naar de stad?'

'Nee, kind. Even een boodschap in het dorp.'

'U gaat nooit meer naar de stad. Waarom gaat u nooit meer naar de stad?'

'Julia...' begon ze, maar ze keek van me weg en ze ging niet verder.

'Waarom gaat u nooit meer naar de stad?' vroeg ik weer. 'Komt er soms nooit meer van die speciale post?' Alsof ik dat niet wist.

'Later misschien,' zei Momo schor. Ze wilde langs me, maar ik liet haar niet door.

'Wanneer, Momo? Wanneer later? Wanneer is later? Het is al zo lang later.'

Ze gaf geen antwoord. Ze wilde me alleen maar opzijduwen. Ze durfde niet goed, dat wist ik.

'Wanneer, Momo? Wanneer?'

Momo kan niet huilen. Ik kan het wel maar ik doe het gewoon niet, ik hoef nooit. Zij wel, maar dan kijkt ze alleen maar met grote, zwarte puilende ogen. Naar mij meestal. Alleen nu niet, nu keek ze naar de grond. Ze wachtte tot ik weg zou gaan en ik ging niet weg.

'Wanneer dan?' vroeg ik weer.

Ze mompelde een antwoord. Ik weet niet of ze 'ooit' zei of 'nooit'. Er is geen verschil meer. Nu wou ik haar wel heel strak aankijken, zoals ik altijd doe, maar zij deed of ze iets zag in de verte en ze vertrok, lopend, want haar fiets is kapot. Ze keek niet meer om.

We gingen de moestuin wieden, en toen we klaar waren moest ik vertellen van de zusjes, want ik vertelde nooit meer tegenwoordig, vond Lien.

'Nee hè, Lien, ze vertelt nooit meer!'

'Nee, Julia! Je vertelt nooit meer! Waarom vertel je nooit meer?'

'Je moet ons nú vertellen!'

'Van de zee vertellen, hè? Hè Julia? Van de zee!'

De zee, de zee, hoe lang heb ik de zee nu al niet gezien? Bestaat de zee eigenlijk nog wel?

'Van Pol, Julia, van Pol!'

'Nee, van de kindjes van mevrouw Christiane, dat ze in de sloot vielen, en dat Marie toen...'

'Nee, van de mooie schoolmeester, Julia!'

'Ja, ja! Dat ze verliefd worden. Híér zat het, híér!'

'Maar dat heb ik al zo vaak verteld!'

'Van de kanonnen dan! Van de kanonnen,' riepen Annie en Nienke met hun handen alvast tegen hun oren gedrukt.

'Ja, en van het vuur, Julia!'

'En van de rookwolken in de verte...'

De zusjes hadden er een nieuwe plek voor bedacht, voor het vertellen: het gras achter de paardenstal.

'Nee. Daar groeien brandnetels.'

'We hebben zakken neergelegd, kom maar kijken.'

Ik liet me meetrekken en plofte neer op de ruwe, zanderige jutezakken. Met opgetrokken benen en mijn kin op mijn knieën bleef ik naar mijn klompen staren. De zusjes keek ik niet aan, vooral Lien niet, want die gluurt de laatste tijd zo nieuwsgierig naar me. Waarom moet ik nu net zo'n zusje hebben dat altijd alles merkt?

'Beginnen!'

'Op een dag,' zuchtte ik, 'op een dag dat de kanonnen in de verte bulderden en de aarde dreunde en er aan de horizon dichte zwarte rookpluimen opstegen, je wist niet precies vanwaar, kwamen de buren Marie halen. Ze kon daar niet langer blijven, iedereen vluchtte immers voor de oorlog...'

'De Gróte Oorlog!'

'Ja, niet ónze...'

'Nee, niet onze,' zei ik. 'Eerder. Iedereen,' ging ik verder, 'iedereen vluchtte immers voor de oorlog. Marie moest toch om haar kind denken! Ze moest mee de grens over, naar Holland. Maar Marie wilde niet naar Holland, ze kon toch niet vluchten zonder Jef? Ze wilde op hem wachten, ze kon toch het huis niet verlaten, het huis van Jef en haar? Als hij terugkwam en hij vond haar niet? Wat dan? En de boeken, Jefs boeken, hoe moest het met de boeken? Als die vreemde soldaten de boeken zouden stelen of in brand steken zelfs?

Wat deden die boeken er nog toe, zeiden ze boos, maar Marie stopte haar ene valies vol met boeken, en haar andere valies ook en...'

'...en ze bond het kind op haar rug,' vervolgden de zusjes, en ik wachtte even om de tweeling bij Lien en Annie op de rug te laten klimmen, want zij waren het kind en ze maakten zich heel zielig en heel klein.

'Niet zó klein!' zei ik streng. 'En hij jammert heus niet zo, hij is een jongen en hij is al bijna vier! Ze bond het kind op haar rug,' ging ik verder, 'zodat ze twee handen vrij zou hebben. Ze kon nog mee op een wagen, als ze voortmaakte, zonder die boeken natuurlijk, daar was toch geen plaats voor, wat dacht ze wel! Maar Marie trok de deur van het huis achter zich dicht en met het zware kind op haar rug en met de zware valiezen in haar handen begon ze te lopen, te lopen, te lopen, zonder te weten waarheen, en na een paar uur kon ze niet meer van uitputting en honger en dorst en moest ze de valiezen achterlaten bij een boerderij waar niemand was en waar de dieren helemaal alleen...'

'Dat overslaan, Julia. Dat overslaan!'

'Overslaan!' huilde de tweeling. 'Nu van waterland!'

'Zeeland,' verbeterde Annie, 'Zeeland heet dat.'

'Van de... hoe heet dat ook alweer...'

'De pastorie...'

'Ja, waar ze mocht logeren hè, en waar ze verband om haar voeten kreeg, en waar het kindje zoveel appels opat dat het buikpijn kreeg en...'

'Auwauw,' kreunde de tweeling.

'Op een dag,' vertelde ik verder, 'op een dag werd er 's morgens heel vroeg op de deur van de pastorie gebonsd. Het dienstmeisje van de dominee ging opendoen...'

'Marie, die was helemaal op zolder...'

'...maar toen ze die stem hoorde, toen...'

'...ja, toen rende ze alle trappen af...'

'...zomaar in haar geleende nachtjapon...'

'...vloog ze de trappen af en...'

'"Marie!" riep de stem. "Marie! Hier ben ik!"'

Plotseling sprong ik op van de jutezakken.

'Hé!' riepen de zusjes. 'Het is nog niet uit!'

'Zitten blijven jullie!'

Ik holde het huis binnen, kwam terug met Andersen en gooide dat in Liens schoot. 'Voorlezen. Tot ik terug ben. En als je ook maar durft te stoppen, als jullie ook maar dúrven op te staan, dan... dan...'

Lien keek verontwaardigd naar me op, maar ik staarde haar zo lang met Momo-ogen aan dat ze tenslotte het boek gehoorzaam opensloeg.

'Er was eens een vrouw,' begon ze, 'die wou toch zo erg graag een klein kindje hebben, maar ze wist niet hoe ze er-aan komen zou. Toen ging zij naar een oude heks en zei te-gen haar...'

Zo hard ik kon ben ik naar het verre weitje gerend om Bajaar op te halen. We zijn Momo tegemoet gegaloppeerd, Bajaar en ik, en het was precies zoals ik gehoopt had: we kwamen aan het eind van de zandweg, net voorbij de koe-stallen en daar verscheen ze. We bleven stil staan wachten tot ze ons zag. Even maakte ze een verschrikt gebaar, pro-beerde vlug rechtop te lopen, probeerde vlug haar gewone gezicht te zetten met de strakke glimlach; zelfs uit de verte zag ik dat.

Toen ze bij ons was aangekomen gleed ik van Bajaars rug, liet hem keren en vouwde mijn handen om Momo te helpen opstijgen. Ik kan dat goed, ze is niet zwaar. In mijn handpal-men komt dan de afdruk van haar schoen te staan.

Ik liep achter Bajaar aan. Momo zong een Engels liedje en ik zong iets met zelf verzonnen woorden, totdat ze het paard inhield en naar me omkeek. Ze wenkte me, ze hielp me op Bajaars rug te klimmen en ik ging onhandig voor haar zitten met mijn benen over elkaar. 'Ik zal je moeten vasthouden,' zei Momo en ze sloeg een arm om mij heen.

Toen we langs het kapelletje reden keek ik even naar bin-nen. Ik merkte dat Momo ook keek. Misschien zei ze ook iets in zichzelf, misschien zei ze ook wel: 'Heilige Maria maak alstublieft dat...' Zoals ik. Ik zei dat aldoor in mezelf, maar ik voelde er niet veel bij en of ze me gehoord heeft, Maria, dat vraag ik me af.

Toen de zusjes eindelijk sliepen ben ik naar beneden ge-gaan. Het was allang nacht, maar Momo was nog buiten, dat wist ik. Ze zat op een keukenstoel bij de achterdeur met ineen geklemde handen voor zich uit te staren. Ze schrok van me.

'Ik ben het maar,' zei ik. 'Moet u niet gaan slapen, Mo-mo?'

'Hoe laat is het dan?'

'Al ver na middernacht.'

'Hoe kan dat nu?'

'Gaat vanzelf.'

Ze zuchtte. Ik probeerde te zien hoe haar gezicht stond, maar het was te donker. We luisterden naar de nacht.

'Krijgt u het niet koud?'

'Ja. Ja, een beetje wel. Ik moest maar naar bed gaan.'

Ik hielp haar overeind. 'Kom maar,' zei ik.

Ik heb haar naar boven gebracht. Samen hebben we een poos uit het raam staan kijken, de zandweg af. De maan scheen zo helder, je kon alles zien; niets bewoog. Ik wist dat ze 's nachts nog een paar maal haar bed uit zou komen om de weg af te kijken, dat ze dan weer al die dingen zou moeten denken die ze niet kan wegjagen.

Momo kan de dingen nu eenmaal niet uit haar hoofd wegjagen, zoals ik. Ik, ik kan alles wegjagen, alles.

'Ik doe even uw gordijn dicht, Momo.'

'Laat maar open, kind,' zei ze.

'Nee,' zei ik, 'dan slaapt u niet goed.'

'Laat maar open, Julia,' zei ze nog eens.

'Nee. U slaapt veel beter met het gordijn dicht,' zei ik, en ik trok het zorgvuldig dicht.

Nog even ben ik op de rand van haar bed blijven zitten.

'Heb je de kinderen niet wakker gemaakt? Waarom ben je nog niet uitgekleed? Heb je je tanden wel gepoetst?' bromde ze.

Ik staarde naar haar handen terwijl ze aan haar ringen draaide. Maar ik dacht niet meer aan haar, ik dacht aan Antonie, en het was maar goed dat Momo niet naar mijn gezicht keek. Antonie zie ik morgen, morgen bij zonsopgang. Met Bajaar.

'Ik help u wel, Momo,' zei ik na een poos.

'Met mijn ringen af te doen?' vroeg ze.

Ik knikte en pakte haar hand en schoof voorzichtig de

twee ringen van haar vingers, maar we wisten allebei dat ik iets anders bedoelde. Met wachten, bedoelde ik. Wachten.

Ik heb haar een kus gegeven en ik ben weer naar beneden geslopen. Nu zit ik buiten in het donker op Momo's stoel over ons erf uit te kijken.

Vreemd eigenlijk, ik hoef niet meer zo vaak aan ons echte huis te denken, ons vorige huis bedoel ik, het huis van toen. Mijn kamer was klein, dat weet ik nog, en het bed van Lien stond er ook. Er was behang met streepjes, roze streepjes. En als onze papa de deur opendeed om te zien of we wel sliepen, en ik gluurde naar hem door mijn wimpers, dan was hij een donkere reus met een lijst eromheen. Een tuin of een erf hadden we niet. En nergens waren dieren, behalve de vogels in de dakgoot en de paarden die op straat voorbijklepperden. Maar 's nachts hoorde je de zee.

De maan staat nog aan de andere kant en ik zit in de schaduw van het huis, maar ik zie alles en ik hoor ook alles. De stroom hoor ik, de populieren, de veldmuisjes, de uilen, de egel met haar vier kleintjes, de koeien. Alles. En Bajaar in de verte. Hij is onrustig, hij kan ook niet slapen. Natuurlijk niet.

Ik ga niet naar bed vannacht, ik blijf hier zitten om samen met de maan over Momo en de zusjes te waken. Zodra het lichter wordt in het oosten ga ik Bajaar halen en dan sluipen we naar de oever van de stroom om de zon te zien opgaan. Als we een heel gek geluid dichterbij horen komen over het oeverpad, het geluid van een roestige oudemannetjesfiets waar een blonde jongen op zit die haast niet bij de trappers kan, dan weten we allebei wie daar aankomt.

Ik ga Antonie leren beter mee te bewegen met Bajaar; hij zit zo houterig. Ik ga hem leren galopperen. Ik doe hem voor hoe het moet. Ik ga hem leren hoe bijzonder Bajaar is. Niet dat hij vleugels heeft, voor vleugels zijn we te oud, maar dat

Bajaar je op zijn rug heel zacht door het Zand kan dragen, heen en terug en weer heen en weer terug, zodat de dingen niet meer bestaan, de dingen die geweest zijn en de dingen die nog komen, of misschien niet komen, dat weet je niet.

Dat ga ik Antonie allemaal leren straks.